时间是永恒的河流

虞锦贵 著

浙江工商大学出版社
——杭州

图书在版编目(CIP)数据

时间是永恒的河流 / 虞锦贵著. — 杭州 ：浙江工商大学出版社，2019.5
ISBN 978-7-5178-3161-7

Ⅰ. ①时… Ⅱ. ①虞… Ⅲ. ①散文集－中国－当代②诗集－中国－当代 Ⅳ. ①I217.2

中国版本图书馆CIP数据核字(2019)第037485号

时间是永恒的河流
SHIJIANSHIYONGHENGDEHELIU
虞锦贵 著

责任编辑 唐 红 谭娟娟
封面设计 林朦朦
责任印制 包建辉
出版发行 浙江工商大学出版社
(杭州市教工路198号 邮政编码310012)
(E-mail：zjgsupress@163.com)
(网址：http://www.zjgsupress.com)
电话：0571-88904980，88831806（传真）
排 版 杭州彩地电脑图文有限公司
印 刷 杭州高腾印务有限公司
开 本 710mm × 1000mm 1/16
印 张 16.25
字 数 203千
版 印 次 2019年5月第1版 2019年5月第1次印刷
书 号 ISBN 978-7-5178-3161-7
定 价 39.80元

浙江工商大学出版社营销部邮购电话 0571-88904970

自　序

Preface

诗人的旅程

诗人要去的地方，曾经盛满生活的美酒，
和燃烧在无数心灵的向往。
信念是灼热的、透明的，眼中永远是蔚蓝的海洋。
那倾吐不尽的白帆语言，扬起诗的桅杆出航，
寻找海的浩瀚、水的宽广，凝成无垠的波浪。

——题记

1

柳荫深处，被遮蔽的阳光下，我孤身而立，像一棵写在蓝天的树。激扬的文字，在风中书写自由与满足。

踏着骄傲的脚步，和充满自信的“安徒生”们一起，向着地平线变奏曲的最强音，浪迹生命旅途。

2

诗是通往灵魂的阶梯，能消灭时间达到永生。

星光和夜幕施展蓝色的诱惑，留下自己的跫音，留下遥远的

心的旋律。

这是我的精神支柱。是为时代立言还是只挖掘真善美，都无关紧要，重要的是倾听，或者沉思。

让思想在生活的浪尖上颠簸，在风雨中飞翔。

3

时光的倒影，像梦境一样充满魔幻的魅力。

我的诗从脆弱变坚强，我的作品与我生命共振，在文字里呈现。带着丝许的薄凉，呼唤着幻觉、虚构、想象，没有语言，站在季节的最深处。

几分惊喜，几分恬静。

意念中，那不是梦境，是一场，铺满洁白的倾城恋歌。

4

人生波澜跌宕，我冲开时间设置的栏栅，一秒秒逼近开阔的宁静。在寒冷里呼啸而过，沉重的叹息，退出了岁月。

空旷的街道，已清空垃圾和落叶，多少风霜，能凝聚成一场冰雪?

在上苍馈赠的这张白纸上，写一首诗。

一首激情的诗!

5

我挥笔，一切从词语开始，一切又从词语结束。

畅叙人生，纵谈天下。

用母语写下生与死，万物的始与终。让我的灵魂，找到清心寡欲的方式，抒写一腔壮志。

疲惫了，用心灵读着字字激昂的诗歌。

6

诗人，圣洁的名字，一遍遍解读思想的高度。

一生守一个地方，扎根，或漂泊天涯。有尊严、有灵魂。

忽而南，忽而北。

因淡而冷漠，被文字选择。字里行间流露些许的情结，执着中的寻觅。

7

诗人拒绝庸常的世俗经验，保持头脑清晰，如孩童般纯净的心灵。

对万物情景，有先知般的能力，梦想产生最纯正而且有永恒力量的诗。

仿佛引领着一群人，在走。

8

诗人的旅程，已被命运选中。

寻求短暂的风吹过的时间，不管天空有多少可能，大地有多少可能，在我笔下的文字就有多少可能。

江山无限，风月无边。

我愿意成为碎片，无论在哪里，以胜利者的姿态，喧哗而来，扬长而去。

失声的琴弦，落满尘埃之后，依旧悄无声息。

9

向东，秦瓦汉砖，惊动起音符；向西，逆行季节，吟风去朝圣；向南，行走芦苇，一路而跋涉；向北，大漠孤烟，静止为苍穹。

凋落的枝叶，永久的沉浮，生命附上镣铐，铸成宿命。渴望视线与时光相撞，歌者放了悲声逐流而去。

风来过，雨来过。

诗人，在回家的途中。

10

我曾在风雨中摇着一支破船，如丝波动的夕阳和雨。岸的曲线连接大江的躯体，随处可以找到它的足迹。

当我们听到任性的波涛如云的哭声，我感到碧空的纯净。在那漂泊的远方，坎坷的灵魂再一次被敲响。

地平线在我脚下，太阳把我温暖，我找到了自己。

11

诗人有自己的世界。

有心领神会和心灵感应，留存于世的绝不会是伪饰的文字。

一首诗是舒展的，自然的，敞开的。用简练的文字，细腻的情感和美的节奏弹奏灵魂的旋律；用语言的张力寻找精神世界的静地。

生命里有诸多难解的谜，我无从找到它的答案。

幸好有诗。在诗的圣殿，我是诗的仆人，又是诗的主人。

倾听。体悟。诠释。理解。

虞锦贵

2019年春 杭州

目　录

Contents

第一辑　此岸彼岸

第二辑 诗人手迹

第三辑 人生感悟

第四辑 生命情怀

第五辑 岁月行吟

第一辑 此岸彼岸

时光被写薄了
岁月被写瘦了
文字也被写旧了
那些散落在流年里的往事
在一首诗里回归

爱上春天爱上你

1

时光如水，滑过朦胧的光阴，雕刻悠悠岁月。

盛开的海棠终于谢幕，一缕额发难遮我沉郁的眼睛。

当足音响透了土地，冬眠后的太阳，开始回归勃发的活力。

一叶的背影，刺痛了春的眼睛。

三月杏花飘飞，三月桃花馨香，三月的石榴枝叶渐长；撷一朵娇颜，向风，轻轻挥去微红的尘。

想念春天的日子，芬芳在婉约中袭来，与饱浆的诗歌站在苍翠柳梢同一的高度。沉醉东风，摇曳在相思辉煌的泥泞里，呼吸春天。

2

黄昏的苍茫里，扛着春风萧萧的凉意。

月光泻落树林后，月亮从夜色里缓缓走来。留下清瘦的影子，却没有留下它的灵魂和骨骼。

在斑驳的石阶，徘徊；在宁静的湖边，摇晃。

以迟缓的脚步，踩过淡光薄影，暗香浮动。寂寞开放的花朵，轻盈、灵动，风情无限。

依依的杨柳、盈盈的露珠和这湖水的流云，早已轻扬缤纷的旗帜。那潇洒挥手的姿势，开始定格成信念的风，招展。

在潮湿的路上，聆听生命幸福的攀援，感受春天的空谷回荡。

今夜风月无边，从此一样可以山高水长，不论光年。

3

一条河流，点燃漫天的彩霞。

美丽、纯净、坚韧。

人间之花、诗意之花、牡丹之花，让沧桑的根须吐放生命的温馨。

你，是来自天堂的女神，带来了真正的沉默和爱，从夜色走近夜色，从音符走近音符，千里翩飞。

背对前生的风雨红尘，燃烧着知音，今生今世的唯一。

牡丹幽然而开，富贵的情愫，在风雨的挟携下，屹立高洁，在夕阳的背影中长醉不起。

你带着芬芳的情韵，把一个遐思拉成一首诗，使我永在意境迷离的字行里。

你站在一棵枝叶茂密的大树下，总是摇摇曳曳，郁郁葱葱。

国色天香的图腾，镌刻于碧天。

4

江南的春天，诗意温婉。

长长的河堤，没有羁绊的天空，露水打湿了水面的光洁，在云彩中找到了春天的阳光。

麦香染绿河畔，油菜花被风吹黄。

桃树的花蕾嫩艳，蕴藏着甜蜜。

天空撒下薄雾轻烟，润了干渴的心灵和土地。

河流在微风的伴奏下，时光里的诗句，让音符跳动，荡漾。

泊在河道里的船儿，开始律动，却显得如此孤单。

一丛丛青碧的小草，摇曳在清晨煦暖清丽的阳光里，似乎在和大地交流生命的秘密。

风渐行渐远，一朵花沾满尘埃的双眼，碰撞微醺的馨香，独自娇艳。

5

岸永远高出河流的水面。

岸边，纵横织成一张风水的网，刻了生命血脉之阳刚。

阳光的倒影，把酒问青天。生存繁衍，望不到的河流，浸满相思。水面漂动的盏盏荷花，吹开春的音韵。

春的扉页，松软，潮润。生命的温床，完美的场景。

诗人的灵感的火把点燃，把辛勤质朴照亮。春天的树，是我的天，我是天下躺着的云。

望云望风，细数绿叶，空气里一湖晒干了月亮。

6

江南的春天，青翠依着山岚。

西子湖畔，熏香的月亮，洒落一地的寒意。

观山听泉，吟风弄月，光阴在杯盏中几回交叠。

我在月光下盘桓，亦在春天的夜色里徜徉。那摇曳在山石之间的金银花，素淡清雅；攀爬的蔷薇花茂盛，正悠然而眠。

花开花落，一点一点地开放自己，一点一点地吐叶生枝，于平淡，于短暂。

岁月，像风，似雨，是流水，我渐渐褪去了铅华和峥嵘，从绿色到枯黄，负载着生活的重量。

我于桃花树下，吟诗饮酒，莫问是流年还是缘。

那株旧时的桃树，葳蕤，如期盛开，又有谁是在此葬花的女子？

7

春暖花开，挡不住探寻春天的脚步，招引更新的万象。

游子举起酒盅，邀请燕子同饮一杯。随诗歌的牵引，越过粉红与碧绿的荷塘，那是个无上馨香的世界，一样辉煌，一样博大，漫过田野。

那油菜花，一朵朵，一排排，一片片，盛开和衰败，从容得天经地义，无须渲染，过程本身即是色彩和命题。斜光中不动声色地变化，黄金醉跌，花香如帛，喜意迎面扑来。

我铺开稿纸，如实记录枝叶和根须，包括游离、分散、润滑、裸露、重聚，以及那些勇往直前的时刻。

一首冷艳的抒情诗，踏着深深浅浅的韵脚，在黄白之间畅意游走。

8

想到花开，我顾不上春风拂面。

在梦前的灯盏下，望穿了溢香的夜空。

从遥远的身影开始，被风吹散内涵，被雨淋出骨骼，被爱咬住灵魂，一直到大地上的景象开始复苏。

夜色是一千年的春光，芳气像雾水，花开幽香。

一路上闪现，那些失败的姿势，像春寒对花草的统治。最终，见证了解脱和重生，和它们一起开放。

春光在雨后酝酿，像卓越的天堂。

我一个回眸，梦里的草丛像波浪，岸边是水涟涟的江南，我挥手拂云，如同来自才子佳人的家乡。

让我活在那个深刻的夜晚。

9

春天，黄昏和柔风中瑟瑟的恬静。

一些记忆典藏在夜里的失眠，那些擦肩而过，失落在岁月里的所有缺憾。

我匆忙走过，人生一半的路程。

一切名利不为之徘徊，抑或无助彷徨，用人生的珍贵，珍藏孑然兀自的孤影，奢望和幻想已过期。

那凝视过的眸子，已消逝在迷乱的星空，却没有给我钢的坚毅。

我一生纯净的清平，沿着我走过的脚印，不记取，有过榕树下的温馨。

我不吝惜自己的昨天，只在乎今天灵魂的自由。

10

时光被写薄了，岁月被写瘦了，文字也被写旧了。那些散落在流年里的往事，便开始在一首诗里回归。

人生的典礼，有简单有隆重。一站又一站，一年又一年，在生命途中又一番深刻的体悟。

枯草与新草生成的家园，温暖如阳。一棵树、几盏灯，摇曳的柳枝。一条河、一片竹、一首歌。给我铺设色彩斑斓的诗的桥梁，春光里继续承载着我的人生。

多少花开，多少美丽，都已成了经年印记。若不能续写一个故事，就许我一段静美的时光，念想。

11

美丽的恍惚，人间如洗。

一束鲜花，尽情绽放，清醒的香气把爱与祝福挂在马路两旁；精确丈量，一个人到另一个人之间爱的距离。行人停下脚步，把仰望贴在花蕊上，把爱刻在心上。

这一刻，春天的花香，宛如黄昏的柔情。我在原地伫立，湖边的草尖和柳枝在风中摇曳。仿佛百感交集，那李花杏花桃花落满一地，只剩一缕缕残香，杯中的春天，如梦，渺然。

凝望着卓越的前方，爱上春天爱上你。

爱上秋天爱上你

1

秋天，风露清姿，极目云阔。大地深沉的鼻音，从云霭里出发。

蓄积多年的湖水涨了，荷叶渐次黄了。湖边的那棵垂柳，在醉眼中，模糊得宁静。

秋，是石阶上桂花飘落时的缠绵。秋的斑斓里，有摇曳着生命色彩的菊，绽放。

山道野径，簇拥一朵朵清新裹着暗香的野花，再也无法隐藏殷红色块。

我看不清，那动荡不安的枯枝里，有多少的破碎。

2

云在树上，树在心上。阳光，晒藏在缝隙里凉。

不远的铁栅栏外，是我无声的凝视。

半青半红的叶，空中飘落，不断地行走在绝望中，蜷曲。一只落单的水鸟，叼着孤寂，去寻找远方的快乐，像跳动的琴键，倾诉一曲异乡的歌。

坐在秋色里，永远摹写温暖的终老。

我与秋风汇合在季节的衔接处，与书一样，一页页翻过。

3

夜，躲在路灯背后。

风，浮在如水的月色里。

柳叶，像失眠的眼神，在枝头久久不愿坠落。

你看不到我彷徨的梦，我多么想放弃这样的思念。沿着直线和圆周，纷纷掩去了痕迹。

我踩着那弯弯曲曲的路，在寻觅。

4

秋凉了。

我伫立湖边，柳絮不再，柳叶已失去光泽。看着它的颜色，由绿变黄，最先去享受地老天荒。

抚摸这个秋天，残留在枝头的最后一点诗意。

树荫下，那片亮丽的蓝，闪过桂花香味和颜色。雁群飞过天空，树叶发胀。

我不惊动这迷人的画卷。

曾经邂逅的地方，让我们一起收拾好，驮着时光的炊烟，装进行囊。

在岁月的桃花阵里，有草的颜色，花的芳香，咖啡或者浓茶，以及若有若无的枯瘦月亮。

经久的醇香。

我要为你写一首旷世的诗章。

5

芨芨草黄了，旋转的花瓣残留在水色中。

夜，已沉睡，我醒着。窗帘在风中翕动，泛出路灯的杏黄。风从指尖穿过，这是一种等待。

时光隔开我们，那闲置角落，三维空间只剩下我。相伴的时刻，多数是平行的。没有牵手，也没有拥抱，被掩去了世俗的清醒和盛开。

残阳朦胧，就像秋天的脸。

一首诗与另一首诗的秘密在燃烧。

6

秋天的肩上，沐浴的余辉，飘过。

呼吸你的纯净，呼吸你黄昏的霞光。水波里，倒映着与你有关的所有信息。

我在风中羡慕那棵树，却无法与树达成更深的理解。那飘零的叶子，在岁月的岸边，闲散放歌。

想到那些殒命的花枝，招摇在秋风中的枯草。当丛林的落叶，覆盖不了忧伤，无法遮住我的眼睛，你的背影成为最后的怀想。

让我轻呼你的名字，走向一条江的记忆，让你的白发疼痛我的心灵。

从这个秋天出发，走过冬天，走过童话，就抵达了春暖花开。

7

岁月淡化了影子，在没有玫瑰的秋天，你我隔岸相望。

那份惆怅，时间是内心的荒凉。我赶在秋雨涨潮之前，给你写一封信。地点选在西窗下，时间选在黄昏后。

灯火摇曳，映衬一种相思。全文我不用行书，那些歪歪斜斜的汉字，散落在一张书纸上。我不带哀愁，更不带秋的怨言，斟词酌句。

路途遥远，我也会赶在秋月爬上柳梢时到达。远处的灯光既迷茫又亲切，那时，岸就在不远的前方。

梦如此斑斓，爱上秋天爱上你。

8

月圆星芒。

桥是桥，舟是舟。无岸无底，撑起一把竹伞。看徜徉在秋色里的月，不在此岸，不在彼岸。

冰凉是风中的湖畔，弯下脊背寻找残荷下的花萼。夜晚的城市失忆，辨不清道路的模样。我记得你身后的落叶，秋风并没有走远。

也许，只为一句诺言。

我们在最深的红尘里相遇，又在风轻云淡的光阴中，匆匆别离。

你淡淡地来，悄悄地去。东篱的秋菊早已无踪，别再在树下长久地徘徊。

9

时光，渐行渐远。

酸涩的回忆，任风吹走它的灵魂。那首歌谣存入记忆的行囊，被一次次唤醒。大朵大朵的云团正迁徙而来，叶片不再从云中跌落。

钱塘江的波涛沿着秋风指引的方向，咆哮着奔袭而来，乐音悠扬，我的思绪在清秋的梦境里徜徉。

墙上灯影斑驳，外面，有朗照的月。

一封旧时的信，只剩下几个语气的助词，犹如一张白纸。唯有几个标点，还幽幽盈出当时的气韵。

找到合适的季节和空间存放。

10

秋月像扯起的风帆，从此来去匆匆，再无半点印痕。

夜色过早潜入，身体里的秋，开始渐成暮色。猎手攀上音符的树杈，伪装成摇摇欲坠的诱惑。

一草一木，一尘一土。带着一种隔世的陌生与熟悉，是我们栖身的角落。

我的诗句，在季节的轮回里一遍遍播放。面朝大海，呼啸、苍茫，时光深处。

秋寒，像一片薄薄的刀片，轻轻削着我们的余生。从此，开始承受悠长的时间考验，在约定的区域里等待。

在人生驿站，我们还会邂逅于自然的旅途，一起远行。

今夜，我只想你

之一

1

姐姐，今夜我在钱塘江边，倾听浪潮的声音。粼粼的波光与风一起摇摆，有时是强烈的。

对岸，繁华的灯火，漂浮着，我看到岁月日渐模糊的身影。那只漂泊江面的船，被锚固定在空中。

江水浑浊，狂躁的风，带走八月的云朵。

我站在江边，吟诵一首生命的歌，与自己纠缠对抗，弃置在岸上。

2

巷子里的灯光，那么亮，亮得让人低着头也无法掩饰忧伤。当风吹来或吹去时，我的耳朵发出马匹抖动的鸣响。

我们各自的影子，交织成一棵树，两篇失去册页的故事找到了同一个结尾，或许是同一个开头。

柳树安静，杨树安静，目光随树梢起伏。诗句一样短的小巷尽头，铺设阴凉，天空变暗。

一个人的夜里，把自己掏空。

3

一个词，是完整的；另一个词，却成了破碎。那不完整也不破碎的，是前世注定的。

今夜，我不说你我的故事，任思念在心底发酵。我也不在对岸，在波涛里，污浊、汹涌，此起彼伏的声音。

我迎风走去，在我胸中高高扬起的，是你那张永不落下的帆。

之二

1

姐姐，今夜时间停滞，我捞不起江底的月亮，我们只留一支烛光的距离就够了。

你在我身边，我总是忽略。你离开，才想起掌心的温暖。从此，我只能在梦中与你偎依。

打开人生的履历，翻阅。一生多么短，一瞬多么长。

一盏灯，点亮未及赶来的岁月，请允许我穿越自己一次。

2

月亮走在空中，当它逐渐被阴影笼罩。

我不再关心街心花园里的雾霾，吹起草屑的风扣响我空空的额头。

瓦砾和灰尘，它们如此任性，从天花板上坍塌。丧失温度的空气是张被揉皱的薄纸，蒙住口鼻，让呼吸变得艰难。

多么空旷啊，这拥挤的人世。

姐姐，今夜我只想你，你的影子飘散又凝聚，我沉默中响彻你的声音。

3

河的终点，正是桥的起点。水流的方向，掩饰了岸的所有预想。

一只船或者一座桥，都不过是舞台上的道具。弯曲的河道抽走记忆的水分，露出凌乱的石子，冷寂和干枯。

似乎不再对过去有丝毫的留恋，就像一个人心中难以察觉的悲凉。我代替生命之河迁徙，安个身，立个命。

之三

1

姐姐，今夜，我要送一封长长的信去江的对岸。牛皮纸信札上的墨迹，有江南秋天的松香。这封信留有古时漆封的火印，为了在最绚丽的时候等候你。

在我离开故乡之前，醉卧他乡之后，再也没有你的点滴音讯。看着逐渐瘦下去的江水，冰凉，苍茫。想，停在芦苇上的蝴蝶，飞到浣纱的姐姐，你的头上。

2

我想离开，如同不曾来过，我写下这首诗，在文字里隐藏许下的愿。我要你倾听，今夜开阖的秘密。

姐姐，有人对我说，你的名字是云，时间的风会将它吹得很远很远。

只是，在你渐渐远去的背影前方，那望也望不到的地方，有我思念的栅栏。

3

夜晚有一轮孤独的月亮，它不和梦想交媾，也不和时间及落魄的诗人同眠。

多数的时间里，我们只在文字里交流，往事知多少？一组文字，被风洗了又洗。

我们偶然写诗，让一部分想象充满旧红，一部分沉吟幽蓝的悲歌。

最陈旧的故事，撬动最巨大的痛。我不知道时空，就这样默默地呵护着。

让我，从昨天到今天。

之四

1

姐姐，今夜时间缓慢，我只想你。

江桥暮雨有些寒了，而两岸的灯光阑珊，把清冷的天空点亮。记录被天气切成细长的一截，又一截。

总是惦念曾经的余火，穿过一切空白的微风。从云朵的深处滑落，和梦一起飘散。

我在一滴墨水中，粉碎了，又看到了你。但闻不到潮湿的味道，也听不到你的呼吸。

2

今夜，注定要在微光中行走。

我梦见一架尘世的马车，从我眼前反复走过。

有时候想跟朋友说话，有时候不想说话。长时间坐在那里沉默着，像诗一样发呆。

想起一些人，来来去去地在世上，晃动。

事物和人，悠悠走过。

3

看见钱塘江我没有放下，天下潮水鼓声滚滚而来，也没能让我放下；看见苏堤和白堤我没有放下，那苏东坡和白居易穿着长衫，也没能让我放下；看见断桥和孤山我没有放下，那秋水淙淙的曲折与缓慢，也没能让我放下；看见西湖我也没有放下，天堂微波闪亮的湖水清了，也没能让我放下。

放不下啊，净寺里有一千盏酥油灯点亮了白天。那释然回环的幻觉，近乎于心，以及灵魂，我还是放不下。

“万物互在，方得自在。”

用语言缔造的通往圣殿的台阶前，我迈出一条腿，抵达未知……

4

姐姐，今夜，风中飘满了秋的味道。那些飘落的枝叶，坐满整个天空，浪迹天涯或是随波逐流。

一些光阴的碎片，让轮回的岁月，无数次，在流转的暗影里低语。开花的梦，无数次，人世间种植的秋水，落了又落。

风从深处吹来，冷冷地将我挤瘦。姐姐，想对你说，我不想再流浪。

之五

1

姐姐，今夜鹊桥上的天堂，成人间最美。摇曳的灯火，怎么也拧不尽，我眼睛里的夜色。

一切都是那样安静。

桥下的鱼群，任凭怎样努力，也游不回去。分离、消失、永久地隔开，我只有在远处等待。

一滴红酒，尚未来得及，在沁凉的手指下，描摹你的样子。

可那净寺的钟声，就又荡过来。

2

姐姐，今夜江的波光里，月色分明，倒映着与风声与月光有关事物的真谛。

怀揣梦想和烈酒的男人已经爬行到江的边缘。

此时，我愿意在一往情深的诗歌中重现你的容颜，喊你的芳名。我看见了，天街夜色冰凉，传来了细碎的脚步声。

世界如此寂寥，放飞心愿和念想，让它高飞。只有那一盏灯火记得，尘世的苍茫和爱的痛苦。

3

姐姐，今夜的月色和星星，挤满了天空。潮起潮落，荡漾的江面，令人心碎。

你皎洁的身影，散发出浓郁的芬芳，神秘悠远。你飞离尘世的喧嚣，一个人行走。

泪与酒，古往今来都一个苦，我们的白发也一根接着一根蔓延。

跋涉的艰辛挣扎的苦旅，时间顺着时间消失。

4

漫长的夜里，我是如何面对一盏灯，念想灯光的?

冰凉的被窝，空洞的心思，失眠、夜游，是灵魂约会的最佳方式。

千百年前离去，从此便不再相逢。千山万水回来，才知道夜晚有多长。

姐姐，我的故事，必须是一首诗。没有结语，可以固守精神。

一百年后，我就握着你的手长眠。

七夕·玫瑰

1

寂静的夜，月牙泊柳梢。

天空星光闪烁，抑或执意成全人世间的许诺，那些无望的爱情。

一年一会，就在今夕。

聚散有缘，就像梦里的片段，终将相思连接。

玫瑰，在拥挤的风中绽放。

2

撑油纸伞的你，流年的背影沉淀成时光的妩媚，清丽淡雅，让世人心醉。演绎一道江南靓丽的风景，让我们忘记旅程。

在舒缓的蓝调的音乐里，踩着江南湿漉漉的雨巷，让最美的意境清晰成生命里的故事。

从春到夏，从秋到冬。

一幕幕的画卷，是我们一生一世的渴望；透过逝水往事，一直在爱之未尽的余热里。

3

今夕，风中垂柳暗怀千年矜持，淡扫了烟岚和诗人的信念。

我们一起蹚过银白的水泽，沾满凝露香草，步上鹊桥，共同荡漾患难与共的坚守，平添了一份凄怆，一份独特幸福。

天空的蓝，明亮的街。

鸟语花香隐居在绿影里，又一个季节，摇醒熟睡的秋天。

用了半生时间，修复我满是补丁的诗句。

昨日已远，明日未至。

4

只在今夕——

我们抵达一片云，

我们抵达一阵风，

我们抵达若梦浮生，

我们抵达所有的空。

满足与遗憾，无法用单词表达。

此刻，一种声音在体内裂开，一枚伤感的叶子，顽强地守候。

憧憬一千零一个故事。等待总是与孤独有关，回忆总要暴露伤痕。

邀明月，画在宣纸上，燃三千里烟火。像一个传说，像一块化石，彼此无法描述。

5

我们相遇的时候，总像陌生人一样碰撞，从开始到结束，用脚步编织着梦，编织着永恒的欢乐。

彼此的话语，犹如平仄朗朗，如弦音在竹叶上，晃动。

当时间走过，生命的树已迈入萧瑟的暮年。

孤独的黄昏，纯情地幻想，在宿命的指令下，我知，你知。

转眼，已是半生。

我在廊桥上等你

1

我在廊桥上等你。

望着漆黑的天空，我流泪满面。我背负着不堪其重的爱情，已经绊倒在婚姻的门槛之外。在我生命的日子叠加下，别无选择。

人间很多浓淡情缘，往昔的人和事、人和物，都顺着泥沙俱下的时月，湮灭了当初的色彩，改变了本来面貌。

时光一天天改变着人的容颜，当青春的气息离自己越来越远时，年岁告诉你，不该忘记的却被忘记，该遗忘的，总是在你眼前晃。

2

我在廊桥上等你。

草在低处，河床在低处。残酷的生活和宿命的苍茫，在低处。

你固执而卑微的爱，等待了千年。

那年，飘零。

相逢。且爱。

为我们的邂逅和美好。

一首诗，为我们低头燃烧，为激情后被掏空的灵魂和肉体，所有程序都不精致，紧张过于简单。

那就是盛开，一次次怒放。

3

我在廊桥上等你。

站在岁月路口，如临下一个年轮。

期盼和等待；苦涩与甜蜜。

时间的摆钟、指针，我们距离彼此的呼吸一直很遥远。

咫尺天涯是因为我们爱上了望穿秋水，我们喜欢它的荡漾、清澈、纤尘不染。

你匆匆走过一段人世的风景，依然坚守洁白的本质，在别人的故事里，演绎离合悲喜。

自从你在那个秋天离去之后，思念，随着叶片飘零，只剩下干枯的枝条。

整整一个冬天，我站在幽思缱绻的梅前，等你！

我这里成了彼岸，你那儿成了归宿。

飘落的记忆

秋，枯黄的草。

语言是羞涩的，几乎没有声响。

一支萧瑟的歌，被耳朵谱成的音乐，让世界听不到大洋涛声。

万物都披上了湿漉漉的衣衫，袖间联袂还是那么飘逸。

树上飘着落叶，轻轻。

桂花散发香气，淡淡。

落在你和我的发梢上。

薄暮时分，钱塘江畔。

遥远的流沙，云飘着，在天边或许那里有你的梦想。

水泥变成了一条丝带，连接着沥青与云彩，连接着东方的脐带与西方的双唇。

你试图从这里飞，再到那儿飞，或许，是别的什么原因。

我却没有勇气选择出逃。

城市阳光，如同一袭透明的轻纱，从楼群的头顶垂下，正对天空朗诵自己的诗篇。

之江大道上，少女们一个个闪亮而过，用她们的睫毛，抓住时间，狩猎距离的飞鸟。

没有喻示。然而，生命一定要长有翅膀，飞向云霄。

风起了，钱塘江散发出咸腥的海味。飘浮于天空的那片云，在暮色中逐渐不见影踪。

揣着你留给我的日记，回忆在岁月中逐渐淡化。

纸，已在问题的墨汁中旅行；墨汁，已在声音中旅行。

你呢，声音?

飘落的记忆。

致我们逝去的芳华

1

四十年前，我们的歌声，未来得及唱出的韵律，在河流中汇聚，期望遇到一个出声的词。

让嘶哑的声音明亮。

为了青春色彩，燃烧更多的艰辛，让命运之舟不再搁浅嶙峋的岸。

当夜空只剩下孤独而辽阔的黑，却不见魂牵梦绕的人。在熙熙攘攘的人群后做镜头里的陪衬。

时间的烈马，奔腾。成就多少精彩的故事？就这样缠绕一生。

瞳孔里，挂满了灰尘；灼热的呼吸，让墙壁晃动。

总不明白，复制的表情，到最后岁月的爱和爱的岁月都不分彼此，静默无言。

2

月光流泻，世界静谧。

在今夜，凝视一个场景，想象一个故事。走进干渴的世界，不断挣扎，回望时间在这里慢慢空荡。

无论世界给我多少次背影，我依然在原地轻吟一首古老的诗歌。

一怀情愫，满腔波澜。随着滚烫的心跳，在生命中汇聚，蔓延。

时间和空间交替切换：喘息、清晰、挣扎。超负荷运载，内心的涟漪，瞬间解体。

围绕记忆的钟摆，寻常事物被演义成历史的序言。

3

透过斑驳的光影，行囊简单，一幅地图，寻觅着理想和信念，寻觅着人生和目标。用辉煌的美，遮掩泪痕伤痕，一起发呆，一起高歌，一起回眸。

此时含泪的人都在成长，浪费的语言足够谈半个世纪。

大地搏动的心跳，城市主题色从精神上主宰了一切。

在异乡的路上，每一个途中的行人都戴着墨镜，礼貌和距离一样遥远。

人生大概过了一半，我们依然在别人的故乡寻找家乡。

现实与记忆的交叉点，犹如一页白纸，永恒地钉在城市高大的脚手架上。

4

天运、天堂、天命，承受更多死去又活来的惶惑，纠结成沉默的钥匙。

所有光阴，随风潜入时间的杯沿。

从寂静中醒来，那神圣而重复的景象，翻新无数记忆。

一列火车经过村庄，经过田野的晚霞；风声和雨声，侵袭了时间的行囊。

离开。回归。

以花的盛开，诠释逝去的岁月，回首今生留下的碎影。

记忆，锈迹斑斑，咣当作响，令人惭愧。

5

我们从粗糙的皱纹里走来，带着风霜洗过的憔悴，未及抖落尘土，就掉进时间的年轮里。

广场的棋盘上，一棵榕树撑开亭亭华盖，谁来破未解的残局?

我从意念中走来，带着逝去的芳华告别了年少。

屈辱与荣光；真理与谎言。

草枯草绿，依旧湿润、青葱，仿佛就像昨天。

6

终于有一天，发现我们不再年轻了。

历史将无情地荡涤人们现代生存意识的伪装与贫弱，同样，这代人不再将这种传统意义作为唯一的人生目标。

我们终于被现实击中，野心，梦想，轰然倒下。

来不及了，只想为了生活。哪怕千疮百孔，遍体鳞伤；哪怕斑驳陆离，残缺不全。没有任何一代经历过我们已经经历的如此复杂的现实。

一种颤动，一种喧嚣，还有一种兴奋与忧虑交织。

兄弟，只剩一缕缕残香，如梦，渺然。此时我磨刀霍霍，刻你的脊梁，留二字：芳华!

昨天·今天·明天

1

你默默地走，双眸低垂，长发低垂，踏着风飘落的秋叶。

云朵里的梦，悬崖里的雾。轮廓那么模糊，轮廓那么清晰。凭夜空碧纸，用无墨的文字，把自己的心扉重又叩响。

你以坚韧的步履复读城市的马路，月亮的身躯纠缠着黑夜的羽翼，在打战。

仿如咖啡厅里无言无语的那对假瓷，还有瘦瘦的谎言，冻结的凉茶。

时间塑造了你，却无时不刻不被生活拨弄，在悲剧和喜剧中依次安排角色。

每次陷入低洼之后，重又攀缘而上。

锲而不舍，孜孜以求。

2

迷惑的时候，你在遥望。

小窗外的落叶在暗示，透过那浓雾遮掩的门扉。

不敢轻易翻开陈旧的日记本，那里面太多美好回忆，也有太多抹不掉的伤痛的点点滴滴。

用你一生的火焰，签下自己的姓名，交给了宿命。

即使冬雪覆盖着世界，灵魂也能复活成为点燃寒夜的篝火。

从此后，在你漫长的生涯里，在你岁月风雨中，你只是尘埃，升腾或者闪落，犹如一根细丝，荡来荡去。

你的每一次跋涉，如天堂里魔鬼交手，善于宽恕、谦谅。

3

街灯一眼望不见头，你站在两盏之间，默数过往的车辆。

那时，我看不清你的表情，地上并肩的影子，被拖得很长、很长。也许你历经太多坎坷，心才如此沉默。在你细小鱼尾纹的青春里，嵌着数不清的痛苦和欢乐。

孤独的时候，你痴痴地伫立在夜幕里。

宁静，迷茫，沉思，等待。

和着你凝重的旋律，摇曳出一条清晰而又深长的背影。

不管风有多急，雨有多大；不管悬崖有多深，流水有多快，就在刹那间，梦想变成了现实。

在这夜晚无风、星月隐没的瞬间，在这座城市，你才真正领悟人生的真谛。

4

有爱的女人，矫情、奔放、矛盾、孤独，有无限可能。

总想，解开一个个心结；总想，男人与女人私密；总想，奔流的血脉，催放生命的花朵。

当生活需要尊严，它便是虚构；当爱需要表达，那么这些才是真实。爱能延续爱，爱能终止爱，而恨不能。

女人的名字永远驾驭了苦难，它是美丽的。

这些细致而执着的点滴演绎的，你始终无法说出，这是命！

5

你曾一度为没有歌的生命痛苦，无助，忧伤；你曾一度在潮涨潮落的钱塘江边徘徊，惆怅；你曾一度在朦胧夜色的西湖边叹息、发呆。在苏堤上、断桥间遗失的脚印，被岁月掩藏，却真实。

这么多年，爱的纠缠不清的孤独，你依然没有忘记。一本本过期的日历，你装订起来，组成一部人生的书。

暗夜把白天装进盒子，成为自己肩上一只陈旧的背包。

带走，岁月中水面上；倘佯，绝不堕落。

你揣着信念，立下青涩的誓言，又在别人的口舌里复生。

6

时间，能够熨平感情的潮涌，使浪涛的冲动退缩收拢；时间，也能唤醒理智的酣梦，点燃爱与恨的火焰。

城市的雨季，静静的城角，你的心也润湿了。我知道，你与命运的那场婚姻，没有在仪式下举行。你努力寻求自身的位置，也无法解释这是女人的命运。

你是一个内心坚强的女人，走在路上，如是坚韧而艰涩，生活在每一座高塔上。你生命的激情燃烧之后，世上灰暗而冷漠的眼睛全部被照亮。

7

这一晚，你醉了酒。在玻璃杯的撞击声里，霓虹灯下，一晃再晃。

省略了忧伤，省略了黎明前的混沌，省略了虚妄的狂欢；省略了心跳，省略了千篇一律的爱情和老水车一样的婚姻；省略了甜蜜的深吻，省略了人们的假设和美的破绽。

今晚，所有忧郁的嘴都在呼喊，所有孤独的脸都在哭泣。

这些等不及撒落一地的心事，这醉人的夜里你满身伤痕。

把你昨天的拿走，又把酒、盐和泪洒进你今天、明天。

8

你的航程很长，你的脚踏着湿润眷恋和缠绵。我知道你的心里很苦，但你总给大家微笑。

当树欲静而风不止，你还是坚持。尘埃堆积，你被太多的世事洗礼。

你是多情的女人，带着痛苦；为追求完美，你掩饰自己的痴心。

现在，你只能安于命运，伫立在风霜之中，已不为所动。我说不清这是一种皈依还是延续。

9

城市的旋涡，黑暗在飘飞，灵魂在分崩离析。

成熟、理性、欲望、圆滑，记录下就清晰。

这世界，这人生。

也许，这只是一个象征的符号。

时间，叮叮当当的声响，等待中年的色彩。留点世俗的眷恋，不再于虚无间缥缈。

用一颗纯洁的心，在智者的天堂里去伪存真，淡泊名利。

10

这条路宽阔，起点是你，终点是我。

大街，继续将梦与现实的边缘，夸张地拓宽与延伸：昨天与明天，泡沫或浮华。

爱，纠葛和叹息。在这里相遇，在这里擦肩而过或背道而驰。

一场秋雨惊扰了红尘，举起酒杯与你同醉。一架旧日的钢琴，一个远逝的不再重现的背影，弹奏出些许忧伤的曲子。

爱情泊在路中央，穿越喧嚣的城市。模糊、孤独的色泽随风而去……

致远方

1

你站在岸那头，我站在岸这头。

远远地望着你，我们相隔，只能停泊在各自的港湾。

我是踏浪的船，搏风的帆，是一条极度疲惫孤独的小船，多么想在你那缠绵的地方悄悄地靠岸。

琴岛上空，只露出半边脸的月亮，此时，街灯战栗着，找不到取暖的地方。

一杯苦涩的咖啡使我心神迷乱，时间躲藏在记忆的暗道里走动。一枚邮票的距离，感慨出一道无形的界线，在千帆的动感里靠近。

思念，是彼岸的距离；天涯，是无期的遥望。

2

一天天，一年年；秋天西去，夏雨东归。

春天在寂寞中点上一支纸烟；天空的星光，洒落在我的楼台，也无法从我的怀抱里抽身而去。

这时候，把我们浸泡在月色里，在隔窗传来的音乐里，朗诵一首诗，在诗韵里想起一件事，你匆匆与我吻别，那仓促的吻连我嘴唇都没有湿润。

逝去的时光真像一场梦，你的名字仍躺在白纸上，还是那么漂亮。无论南北隔望，在季节的两端，和梦里见到的一样蓝。

你的离开有多少答案，“谜底”至今却深藏在心海。

3

记得那“老上海”酒吧，淡雅的泡沫，在金黄之上，倾诉衷肠。

无法让我在一个个涨满欲望的夜晚忘怀，顺手托起的友情，在或者粗犷或者细腻的桌椅间，把酒言欢。

那燃烧的烈酒，是今夜唯一的燃料，酒是要喝的，喝至微醺，要等月缺了又圆，你的名字处处带着色彩，又在我诗稿里童话般奇妙、斑斓。

你越来越远，越来越模糊，记忆惶惑失真像碎片，你是我生活中的一个驿站。

手里有你的伞，我在雨里等待。

4

天蓝得似酒，白云含蓄地垂涎，而潮水鼓荡着涟漪，那波声渐行渐远的蛩音。

我把恋情凝固在日光寺，那里的爱可以“鼓浪洞天”。

我在那里寻找你的足迹，携带你的青春漫步在鹭江边，用忠诚抒写心灵的诗句，不怕诗绪的蜿蜒。

即使遥遥无期的等待，也要盛满期冀，寻找诗的婵娟，不怕星缺月残；眼近视了，我仍在日光岩上瞭望，轻浮的风声并没有失掉我们的色泽和永世的宁静。

5

秋日的枫叶随风落下，轻柔，委婉；满山的枫叶站成等待的姿势，又一片落下，谁能理解一片枫叶落下的忧伤。

岁月无法书写的青春，伴随归去的大雁，在夕阳中一步步地老去，落叶是为了把思念卸下，埋葬。

如今，爱情清瘦如秋季的枫叶，心里搁着一首诗，它让我无法平静，一次次地提笔，一次次地放下。

远方的你呵，轻而又轻的时光，它从我的身边走过，没有留下一点痕迹，莫名其妙的疼，常常让我忽视它的存在。

6

站在爱的边缘，站在季节的岔口，夹在世界的黑白里，留给我们苦涩的回忆。

日历一页页翻过，我站在二月的边缘，找寻三月的来由。

今夜，我在老街上行走，路灯对立在路旁，怀揣这个三月，廉价的上衣口袋里，装着二月最后的诗篇。

一缕风把所有的记忆吹淡，而那些湮灭已久的寓意，灼痛了我们动荡的滋味。

7

夜幕里，遮不住心声的撞击：司马迁、陶渊明、李白、杜甫、巴尔扎克、契诃夫……

还有莎士比亚剧作里的，那个优柔寡断的哈姆雷特，我很想教训他一顿；屠格涅夫笔下那个夸夸其谈的罗亭，如果还在人世，我一定抽他两记耳光；我倒确实喜欢塞万提斯介绍的那个唐吉诃德先生，尽管傻头傻脑，但绝对真诚……

分不清是风或是夜灯在黑暗中低语，还是一首诗孤寂地吟唱，我无处寻找答案，只能独自穿过一条条梦游的夜街，走进沙粒的语境，来到这片沙滩，飘过冰凉的月光。

8

你还记得吗？楼街又被醉酒的灯火绊倒了，夜在天顶推开圆圆的窗户，将失眠的月光悬挂成一帘雾语。

曾经我们走过平平仄仄的大街，走过抑扬顿挫的小巷，一起沿着心灵的巷道寻找出口；我们的诗行和自由，信念、格言和真理，是那样的激昂。

远处的浪涛为我们敲响，迢迢飘来，带着被惊叫声击碎了的月光，天就要亮了。

天开始为我们移动，不确定的开始，确定的结局，一切，即将隐去，一切，都将远离。

9

你站在岸那头，我站在岸这头。

我们隔着山，隔着水，隔着颠倒的岁月。

涨潮了，密集的礁石上凝聚着浪花，默数日月潮汐，运载着一个深藏的信念。

因为我们曾经有过，炉前才有冬天的童话，你和我分享过残存的一枚果实，那是点燃生命篝火最后的歌，在我的诗里汇集色彩的音响。

思念的细柳呀，一洗岁月的封存，一抹远隔的惆怅，那是我们相约的地方。

我的世界有过你
——纪念远逝的青春

1

静谧的午后，停住匆匆的脚步，聆听松涛吟唱寂寞的歌谣。

薄薄的烟雨，把城市涂成一张惨白的脸，阴郁而萧索。思绪飞奔千里之外，你以荷的形象亭立。

还记得那个暮色苍茫的晚秋吗？我的记忆好像有些错乱。

我们一起看那个火红的图腾隐没在层层叠叠的云里，沿着遥远延伸的地平线，牵着你的手，以一种缓慢的依恋姿态告别。恍惚间，我看见了生命中的别离。

你转过身问我，八十岁的时候，我们还能不能在一起，在这里看夕阳？

我低头，茫然中夹带着酸楚。

一生的情感，注定要隐忍、幽怨、伤感，这么多需要负载的东西。一条与世俗逆向而行的道路，因为爱，我们选择了勇敢。

2

落叶划过的弧线，是我灵魂曾经的旅途，最后的秋天是我们：誓言和诺言。

你记得不？在那一夜，我们蜷缩在一起，讲述爱的每一个细节。当黑暗吞噬了空间，我们像婴儿一样，拥有最纯真的彼此。

你把我的身影轻轻收藏在心里，说生活因为有我而斑斓。

你在等我一句话。

我说了等待、想念，唯独没有说出：我爱你！

天快亮了，你在走向梦境的最后一秒说，我等你，十年、二十年、三十年、一辈子！

3

我们相爱，却注定无法在一起。

一年又一年，我依然没有停止流浪。阳光在我脸上缓缓漂移，在这个拥有地球眼泪的城市边缘，我只能悄悄地躲在人群里看你，不敢面对你期盼的眼神。

风声寂寥，吹来你的叹息。

你说：好累，好累。

转过身，你孤单的身影刺痛了我脆弱的神经。

4

曾经的恋人啊，在四季里徘徊。我想放下，还是抑制不住地想你。

你曾经对我说，要做一个园丁，养一些天真的花草。我微笑地看着你，相信，那些花草很幸福。

你问我：知不知道边缘是什么感觉？

你告诉我：流离失所的你，早已失去了家园，在那个并不属于你的城市里驻留，连你自己也不知道哪里的月亮可以照见你的心。

我选择了，却不知道如何面对你，我彻底地体会到什么是边缘。

5

你用一个意外解开一生的郁结，仿佛命运的手，错翻了另一张底牌。

当你再次转身，我突然发现你变得漂亮、年轻、青春。你的生命不再孤单、寂寞、漂泊。

你说，爱早已变成奢侈品，你是一个绝缘的世界，所有的光怪陆离不过是你一个人的设想和揣度。

6

你说：即使我们注定要各自天涯，仍然是最好的朋友。

我咀嚼着话中的意味，自我安慰。

此刻，城市的阴霾让我郁闷，对明天和未来充满恐惧，看着行将到来的苍老，恍若末日。

我告诫自己相思无用，无论怎么折腾，醒来后，时间依旧，我还是我，还是孑然一身。我开始陆续写些文字给你，零碎的呓语。

这大约也是我现在的思绪，实在无法整理起来，打包并且寄走，所以只能如同一团团浮云，一次次说给你听。

断断续续。

7

你知道吗？我想你，很想你。说出这句话，我已忘记自己的年龄。把日子一天天叠加起来，对你的思念从没有减少过。

大街上，我常常看错别人的背影——你会从天上掉下来吗？我孤零零地站在那里，等待你的到来。

一个男人，在黑夜里，来回踱着步。

一次，即是无数次；一生，即是永生。

8

这个世界啊，活着的人依旧在茧中；几多春秋，自己在茧中便渐渐淡忘了生命的需求。

生活本身就是一场戏，心灵的行走注定要经受风吹雨打。怀念记忆中的那一个拥抱，你给予我真情，我却把一切咽进肚里。

我知道，自己欠你一句话。

不管是从前的相濡，还是如今的分离，我从没有主动说过，我爱你！

当你离开，那忧郁的眼神让我心疼，我为何欲言又止？

今天按着你的方向走去，默默念诵，莫非以后真的要相忘于江湖？

9

梦中，我再一次回到过去。

半个世纪，我跋山涉水，只是为了找到你。

我从没有忘记过那一夜的约定，那首刻骨铭心《等着我》的歌，那里有你的梦幻，你的誓言和淡淡的忧伤。

多少年，多少次，梦中握住你冰凉的手，相顾无言。

再回首，世事沧桑，岁月流逝，预约的人已悄然老去。

昔日、记忆、泪水、生命，难道你我之间情缘殆尽?

10

迷途的羊在慌张地寻找属于自己的草地，陌生而巨大的幕布让它看不清前行的方向。当它发现真相，却已经欲退无路。

我在这个有海的城市里守望，在规律的节奏中生活，看得见浪的汹涌海的微笑，听得见风的凛冽山的哭泣。

我把长久的思念倾诉给你听，却发现你留给我的只是不清晰的背影。

难道这一切只是我的幻觉?

不，我确信，我的世界有过你。就像鸟儿飞过天空的痕迹，我的生命里也有一道只属于你的疼痛与美丽。

青春回响曲

——记R的故事

1

三十年前，你我之间曾经拥有的刻骨铭心，像陈旧的记忆与尘封的时光重叠。

回忆，一切难以言说的触动，太多的细节，被定期清洗、梳理和剪裁，生活犹如一副放大镜。

三十年后，抚摸被岁月染灰的鬓角，遗忘该忘记的，是怕被你看见那盈眶的泪水，写不下，淡墨的诗行。

江南的炊烟、雨水、花香，夕阳的阑珊，梦里的爱，必定忧伤。

2

那一年，你披一件云白色的衣衫，独守自己的闺阁，玉洁冰清。你的身影残留在我忽明忽暗的精神世界里。

你的幸福和痛苦，无人分担，似孤独的鸟，吐不尽的相思曲，没有人比我更懂得你。

从春夏到秋冬，从人间到天上，你需要一双翅膀，获取一种飞天的力量。

柔情似水的你，永远是这个世界上最美的新娘。

3

那一年，午夜的车站，背景已经黯淡。

你站在裸露月台的风中，因寒冷而呆滞，僵化的目光洞察火车虚无的呼吸，时间和空间因凝固而静止、爆裂。

隔着窗户，我用沙哑的嗓子唤着你的名字，看见你的脸上挂满泪痕。

多么漫长的冬天。

4

那一年，你我在杜鹃花的灿烂里看到自己。

留下来吧，一起喧哗，一起静默。

那恍若隔世之美的距离让芬芳填满，在空寂的房间里弥漫，周围空空的足音因心跳而加速。

第一次旋涡般的爱恋，埋入了月亮燃烧的泪水。

在浓重的夜里相依相偎，成为回忆散发的馨香。

5

曾记得，在那成片的槐树下，稀薄的阳光，鸟鸣时的寂静；

曾记云影，露水里草尖，穿花格子衣的少女，穿梭于林中，衣袖摆起你的风。

看见你在天真无邪的快乐时光里，独舞。

你娉婷的身影，倒在了落日的斜晖里。

我记得你身后的树叶，从云彩里飘落，一片两片……

当你穿过树林时，秋风并没有走远。

6

曾记得，在老街熟悉的廊檐下行走，倾听一张旧唱片，在季节的轮回里一遍遍播放。

心和燕子一起掠过屋顶，阅读诗歌般分行排列的瓦片，我的双眼有一点湿润。

晚霞犹如徽章别在天边，我们依旧坐在熟悉的台阶上，口袋里藏着一册翻烂了的小人书，扉页上盖着新华书店蓝色购书章。

夜晚，我们同样盼望一起看露天电影，一起坐板凳上，若有若无的快乐。

那些已无法记清的故事情节，原来一切都变得遥远。

7

曾记得，那封信，载着北方的秋天。

信封上有太阳吻下的光斑，薄薄的蛋黄色的叶片，那清晰的叶脉，是时间镂刻的诗篇。

“爱是不需要表白的”，于是，你把想说的话都省略了。

银杏叶儿几度凋零又几度舒展，年轮里有你深沉的思念。

且将这美好的记忆夹进诗行，给韵律添一些金色的温暖。

8

那一天，我们相约在秋天的桂花，悠悠地开，淡淡地谢。

在柳荫下，一同坐在公园的长椅上，我们没有目光测量，用最佳焦距，你的每一个眼神抖落的秘密，你的每一句，似漫不经心留下的话语。

纵然那些语言，是因有声而害羞，躲进天空的云层里，漏出来的悄悄话。

你音符般的细语，轻轻落在秋色中的水面，为一个秋天的故事画上句号。

风，不再吹；柳叶，不再飘。

湖水散发出青春的芳香。

9

那一天，烟雨的江南，汽笛鸣了一年。

多情的三月雨，化作大江不尽的愁绪。

你捧起泪的酒杯，无声的别离！

就这样在我的记忆里沉寂，消失。

在过去的许许多多的日子里，我们曾经丢失了自己，像一个淘气的孩子，丢失了任性的顽皮。

你消逝了的身影，把生命，永久停泊在春天的恋情里。

10

那一天，我们一起沿着许多星星走过的路，滑落在绿色的荷叶上。

你是一滴雨，我也是一滴雨，融合成一颗晶莹小珍珠。有许多重叠的往事，曾生息过，灯盏光彩下年轻的美丽。

相逢在地平线，我和你，牵引着一弯圣洁的月琴，谱写着青春甜蜜的主题。

11

你在遥远的北方，站立。

经历春夏秋冬，随着风霜雪雨不断地奔忙；你抵御了四月的风沙，你昂扬起头发，你的内心挣扎着燃烧，充满理想和渴望。

是啊，在大地空旷的梦境里，你像一棵树那样活着。让苍茫的心不至于老去，让孤独的心不止于孤单。

除了爱，你把生活当成与时光漫长的较量，把忧伤的泪水都滴在这些灰白的纸上。

12

我在思念的南方，凝望。

五月，我喜欢在故乡的大地上行走；我喜欢顶着风，呼吸带着咸味，迎着浑浊的阳光走上大海的边缘。

在茫茫的尘世里，我再一次学会了祈祷，那不善言辞的我啊，在你身上开满了动人的诗歌。

今天惆怅的天空没有主题，心中万千思念拿起，却，又放下。

孕育了无数的可能：如果是喜剧，故事的结局是悲剧。

时间推移，它带来伤痛，也带来平静。

13

岁月是一根严酷的时针，不知不觉地在我心头重重一划，记不清在哪个季节，哪个夜晚。

多年前许诺的，竟让我们今生失去了回顾的勇气。

谁对，谁错，从来就没有成为主要问题，顺理成章，成为没有结果的结局。

生活就像梦，梦也是生活。谁也没有在乎，谁都可以留意。

我们的脚印在星光下一个深一个浅，让梦想飘散。

14

我赴岁月之约，走进了蹉跎的岁月。

因为人生有了记忆，时间的飘失总会被这里唤回；过去的影子保持着多少黑匣子的神秘，如新如故的感觉总不能停止。

沉寂，那竟是琴键打击而出的激昂往事，凋落的叶子，给了我梦幻的风景，有多少不小心，让我踏入黄金的深渊。

也许，我将永久地沉默，随着那慢慢延伸的记忆，不让你知道。

我揣起一本珍贵的诗集，我揣起，这属于我的秘密。

彼岸·此岸

之一

1

一条河流，水声隐约。
左右两岸。对立，相视的眼睛。
彼岸，此岸。你走了，留下你的背影，若明若暗。
今夜那么漫长，你已不知去向。往事，幻化成梦的底色。

2

箴言和谶语，仿佛来自河水汩汩诉说。
堤岸，褐色的苔藓，在岁月里生长。
一次次逗留，我默默凝视。
许多日子，我们两串脚印遗落，尘埃中堆积我们的信仰。

3

这个下午，没有风，没有涟漪，干枯的河床上，站着两个人。

没有配音，没有单簧管和电贝斯。

一个微笑。一个眼神。一个暗示。

爱，和被爱，是虚无的；迷恋，构成灵魂的血热。

一支手与另一支手相握，依然在体内流转，震荡出生生不息的波纹。

不离不弃。灵魂围绕着身体。

4

一切源头之前，一切终结之后。

天黑了，放下百叶窗，写字台上点起灯盏。一切安排就绪，能耗尽的都将耗尽。

这床与城市，隔着万千气息：体香与蜜香，弯曲舒展摇曳回拢，一段合体的音乐。

从恐惧、疯狂，从哭泣、遗忘，幻影里摆荡不已。

心醉神迷，爱情的味道。

情与欲；冰与火。

5

我在此岸，你在彼岸。

遥远的银河，星星清冷地射在大地上。

街上空空荡荡，拥挤的脚步散去，行人的味道散去，只剩下寂静。

街灯迷离，人世依然静好。此刻，生离死别只在别处。

面对晦涩的距离，我们相望，我们彼此懂得。

之二

1

晚风薄暮，城市灯火阑珊。

随手翻开一页书简，仿佛打开一坛封存了五千年的窖酿。

多少繁芜杂陈的世事，苦乐交织的年华，在生命里翻滚沉浮，只剩下一杯无色无味的白开水，你我洗尽铅华的人生。

今夜，月光在无声的空间里张开。

我的记忆在磨损。那是爱的味道，甜蜜又有些忧伤，隐约在心底不留痕迹的疼。

2

你一生都在忙碌行走，匆匆的步履。

要走的路径，抵达的方向，并没有历史印记的经典。

喜欢在晨光中出发，最终消失在夕阳里。

爱是爱，憎是憎，不生不灭，你就像一个千年修炼的女妖，等待，挣扎?

日月和风雨，时间淡化了是非。

默默接受。

3

一些故事在暮色中闪烁，把我从尘世中惊醒。一些人物或细节，被阳光的潮水浸湿，忽而清晰，又渐次模糊。

你鲜活的生命，沾湿了内心的空寂。忘了来路，忘了去路，总感觉在路上。

你的尘土，从无名的河上穿过，天堂之门为你建立的孤岛。如今，你脚下的路，不增不减。

流水、孤桥、风雨，和坎坷的声音交汇。

一生，一时。

4

天色渐暗。积郁的秘密，饱含热泪。

我们走在一条十字架的路上，那些距离，无论多么遥远，都在这个天地间。

徘徊。留恋。

为了一场重逢，这一程山高路远，我们的苦和甜，至此已秘而不宣。

所有梦想、理想、幻想，是我们共同的哀伤。

5

因为思念，于是在梦中，看到你的身影；看到你吟着诗走来，如一阵清风，却又辨不清你的模样。

无声的空间里，一些曲折的故事，装满岁月的湖。茂盛的记忆里，和你对应的，只是几块有特殊意义的符号和留言，在我心底生根发芽。

一场浓烈的爱，渐渐淡去。

听着时间的脚步，把我们带往无奈的沧桑。

之三

1

那一年，我背着行囊，离开了熟悉的故乡巷陌。在烟雨中，与你邂逅，再难释怀，念念不忘。

那个神秘的姑娘，衣袂飘飘，散发出丁香的芬芳。多少闲逸时光，恬淡，住进了我的心房。

年华仓促交替，有些片段，停留一生不敢相忘。

2

多少年前，你在江南雨巷里踱步；多少年后，你依然在江南雨巷往返。

每一次擦肩，匆匆步履。留下的只是一个美丽哀伤的背影，叹息的目光。

我多么希望拥有一份地长天久，走出江南雨巷，世事一如既往。

3

期待与你相逢，纵然只是一个恍惚的梦想。

我的心里，永远有一条悠长寂寥的雨巷。巷子里的风物，那些远去的人事，永远只是从前的模样。

前世，今生，来世。

用一杯茶的冥想来回忆，用一首歌的时间来纪念。

4

山长水远，沧海难渡。

多少春风秋月的诗情，渔樵冷暖的现实，还是原地痴情守候，不知为了谁地老天荒。

曾经的惆怅，只为找寻那神秘的丁香姑娘。浮生若梦，醒后风烟俱静，昨天的风物人情，又被谁改写？今生所愿，无论岁月有过多少流转，你永远活在人间四月，不会老去的容颜。

沿着一条幽深的长巷走去，只是诗人笔下，一个朦胧的幻影。

5

今夜，我带着今生的夙愿，静守住心灵的宁静。

虽然我没有生花的妙笔，没有如流的思绪，亦没有婉转的情节，只留有隽永绵长的梦。

一段尘缘，可以维系一生。

浪漫，添几许江南的烟雨，在若有若无之间萦绕难以言说的情怀。

那些远去的日子、简短的细节，蕴涵令人思量。

之四

1

有一种爱，似淡淡离愁，于心中缠绕不去。

西风古道，长亭落日，岸边的瘦柳，被离人折尽。说好了归期，有多少可以如约兑现。

诺言如风，不过是兴起时一段情深的对话，最后被时光湮没，无处寻觅。

人生聚散，今朝执手相看，最终的结局，终是南北东西。

2

今夜，我们坐在酒吧里，默守记忆。

守着撕碎的时光，守着一份落寞与无奈，啜饮我们的过去。

一首老调的歌曲，伤感凄婉，一次次撞击我们的心房。

忽明忽暗的霓虹灯，在音乐中蔓延。思念的曲调坐在酒杯里，摇摇晃晃。

3

我们就这样静静地坐着。

一首老歌，触摸你的胸口。一杯酒里，写满你的名字。

屋外月光，在你眼中朦胧。一个人挣扎在另一个人的记忆里。

你的脸总是消失在杯中的酒里，美丽瞬间化为寂寞。

4

思绪，被一页一页翻开。火辣辣的酒精，燃烧你的胸口。

不知是你潮湿的心事还是你的泪水，千言万语只能沉默在眼睛里。

你捂住心扉，你就这样坐着。生活的疼痛，你把它全部打开。

一些忧郁的文字在你笔下倾斜。

5

柳絮，烟雨。

星空下的花瓣，纷纷洒洒，飘飘扬扬。

打开尘封的卷轴，你的宿命与信念，却托起了丁香的忧愁，雁鸣的孤独，秋风梧桐的冷冷清清。

生命是一杯水，梦中的丁香姑娘，随着马蹄越走越远。因为你平静地看待尘世，所以宁愿一个人独守。

生命的灯盏，远行的脚步总能摸到家的门口。

之五

1

思念开始长途跋涉，记忆被翻阅。

有一种爱，眷恋，不舍，在离别散去的日夜牵挂。

与你赊情偷爱，你我本为一体。

一夜又一夜，又是谁？我们相依纳入温暖的怀中。

你从不拒绝我。

2

夜里，这一时刻开始，一切都不能阻挡。

情与欲，无法分辨。

无数的毁灭和重生之后，你，却不肯离去。这满目的泪满怀的梦，醉心于你的痴情。

有人说你轻狂，有人说你深刻。你却坚持着纠结，如此妩媚缠绵。

我们始终没有一句话，就这样，几千年过去了……

3

无数次地问，无数次地想。太多的梦，有太多的相似。

不想前因后果，不去想对与错。

深度的醉，深度的失眠。

太多的犹豫、晦涩，和慵倦。

这世间的事谁能说清。

4

语言太单调了，修饰的句式，却难以形容。

两个星座的距离，一步一步将影子淹没。那些血和泪的交融，画面不想再描述细节。

那些热烈而激动的过程，一波一浪顺序自然，让整个世界陷入睡眠。

5

这完美的夜晚，盛满忧伤。

亦歌，亦醉，亦悲，亦喜。

快乐与痛苦站在思想的角落，绕不过我们过去的宿命。这是人世间种种滋味，生命就像脚下经过的蚂蚁。

只记住，今天及属于今天的快乐。

日历上一张纸笺飘落，也能载着她，在星光中归去。

之六

1

清风推开浮云的遮掩，明月流淌过千年的时光，见证了无数离合悲欢的故事。圆了又缺，缺了又圆，世人千古不变的虔诚膜拜。

曾经那个青春年代已经远去，而过眼云烟的回忆，总是回到我的身体。

我不需要什么爱情，因为我害怕离别。

可以疼痛，但不要留下伤口。

2

教堂的钟声，在一条条河流的上空，回响。

牧师在祈祷，或者，忏悔。

今天的到来是明天的离去，明天的离去是今天的到来。你说，一切都不重要，重要的是你来过。

我一次次走向这里，似乎又未抵达。频频挥手，西天最后的云彩，都留给诗歌。

3

天涯羁旅，不知路过多少客栈，方能寻到最终的归宿。一生惆怅，总难免弃人而远去他乡，却留下无尽的相思。

此番离去，不知归期。他日相逢，或许已然红颜老去。长亭古道的垂柳，就这样被诗人词客折尽。

那个离别的秋天，从此你写进文章里，落在每个离人的心间。

4

放下吧，佛早就说过，一切终将归于平淡。

前世修来，今生注定。

那一次，刻骨铭心永恒追忆。醉了、哭了、笑了，当年难舍难分的故人，不见踪影。

人生悠悠古道，被淹没在历史的风尘中。

蓦然回首，终生抱残守缺。

我在此岸。

之七

1

今夜没有风，没有雨，没有月亮，只有你让我疏远神圣的睡眠。

今夜只居住在你的梦里，聆听你呼唤的声音。

梦中听见号角的长鸣，刀剑的每次相交和战马的每次嘶叫。

注定在我的脑海里激起骇浪，而女人眼中的溪流，濡湿我的脸。

2

夜晚醒来，双枕的芬芳与清晨距离，互相撕咬得那么远。

只有火焰，只有燃烧。

之前，我把女人当枕便是它的魑魅，刚解剖完肉体的梦幻的“美的牛虻”。

无数的毁灭与重生，但你却越发光彩夺目。

只有一个回忆，在结晶。

这一夜，听到去往天堂路上的声音。

3

那是一夜的酝酿，那是我目睹了你的一生。

我和你如胶似漆，难舍难离，驮着孤独的灵魂，趁夜色飞往比梦想还要远的地方。

一种声音，它穿过凉雨、潮湿抵达今夜，是吟唱还是悲鸣。

无声无息中，一场浓烈的爱，渐渐淡去。

剩下发生的事情遮掩昏暗，弥漫着一缕缕灵魂的颂歌。

4

这些年，我在梦里见不到你。

只能在寂静的夜里，去没有月光的天边找你。请你原谅我的固执和绝情，我依旧强迫自己不停地做梦，从梦中醒来的一瞬，见到你的影子。

尽管剧情即将达到高潮，我们创造了爱，也制造了消失的部分。

我要把睡梦击碎，在拥挤的时刻表里，填满甜蜜的昔日。

5

命运，如同一场正在进行的典礼。

一个女人与一个男人，开始了他们的新旅程。带着今生的夙愿，带着隔世的爱，守住心灵的宁静。

一次次遇见，一次次离别。就让遇见成为开始，只是别问我们的结局。

我相信，彼岸、此岸，等待不再漫长。

之八

1

世间万物皆有佛性，世间之人皆有禅心。

一条江岸，一篱栅栏，一道门槛，一载春秋。或显或隐，仿佛存在，又似虚幻。悟得早的人，轻易就抵达了彼岸；悟得晚的人，则还在此岸彷徨。

想要说的话，想要爱的人，想要做的事，总会在岁月迂回的巷陌里。

2

秋水汤汤，绿波无尘；以浊为清，以苦为欢。枕着前世未醒的梦，归入今生无尽的风尘。

人生是一本薄厚不同的折子戏，无论你以哪种方式、哪种心情、哪种演技，从开始到落幕，每个章节和片段，都是你必然要完成的。

人生如萍，聚散不定。

在平淡的生活中，好好珍惜今天，回忆过去。

来者已来，去者已去，寻求一份清淡如水的宁静。

3

时光在白色的山间静静地流淌，生命的潮汐在心中涌动。

生命中的情缘有多少？命运之约又会是些什么？

山盟海誓，不弃不离。

人生的忧伤莫过于此，彼此都是红尘过客，当生命若流水般逝去的时候，再多美丽的记忆都会沉寂，再多浮华的过往都会消散。

4

风声雨声的夜，没有流水的底色。明月当空的夜，没有青山的背景。

仿佛世间所有的情缘都将与我擦肩而过，仿佛我手中的琴弦已替我尝尽了人间悲欢，仿佛我心已在琴音中过尽千帆。

我抱定在山花、绿草、流水汇聚的地方，等待一场约定。

红尘依旧，青春老去。

试图穿过千年的风景，去邂逅那对高山流水的知音。

5

江南烟雨，梦里清欢。

不想再去寻找缘由，生命本是脆弱，没有什么悲喜去认定一生。漠漠尘缘，抵不过时间的蹉跎，抵不过自然的流转。

念想每次是淡了，还是浓了？你，就在我的身旁，是近，还是远？

堆积的情感，时间的灰尘。

曾经的故事已远去，亦不复重来，那些纯美的情怀也染了浮世的悲凉。

之九

1

一天又一天，一年又一年，已被如流的光阴，封存在古老的岁月里。

浮生若梦，在书里相逢，梦里相知。曾经的惆怅，成了今日的回忆。

有人说生活是一杯蜜糖，那是因为你喝到了甘甜；有人说生活是一杯苦酒，那是因为你尝到了青涩与酸楚。

此岸，有人走进；彼岸，有人走出。

有多少时光可以重来，只为找寻一个归人。

2

烟雨漂洗的西湖。

岸上，喧闹人流；湖心，画影清波。

你撑一把油纸伞，穿过多情的雨季，寻觅江南繁华的旧梦。你徜徉在古人黯淡的背影中，散发出缠绵的诗章。你萦绕过多少追梦的心怀，舒展着幽淡的芳香。

那一柄多情的油纸伞，是否将时光寄存在这短暂的雨季苍茫？

3

寻寻觅觅的西湖。

彼岸有花有草，此岸有树有叶。

你抖落一身的烟尘，书写过多情的诗句，采折过离别的柳条，流淌过相思的泪水。

搁浅的，是它的岁月；寂寞的，又是谁的人生？

当再次渡我彼岸，山水遗忘了诺言，语言失去了色彩。

那是一见倾心的爱情，那是不负一生的依恋。

4

梦里婉转的西湖。

许多的记忆已经无法拾起，垂柳摇曳，滑过了我淡泊的人生。

世间所有的路都相似，此岸与彼岸只隔了一缕不长的雨线。

世事的忧伤就在于此，太轻难免虚浮，太重难免负重。

爱恨情缘，终将落幕。

5

落日斜阳的西湖。

在苍凉的暮色里，我枯坐在昏黄的灯影里，突然想起很多年前，你写给我的书笺，还有相约老地方的诺言。

我穿过寥寥行人的街巷，寻找那满腹心事、忧伤和美丽的你。

渐渐地，那些远去撑着油纸伞的你，就这么被遗忘，许多章节都被删改。

红尘客栈，你仍在原地痴情守候，不知为了谁地老天荒。

之十

1

岁月流逝，我们渐渐老去。虽然时隔多年，有些情节依然清晰。

我们转山转水，转不出尘世的轮回，有些情感，永远刻在心底。人生缘起缘灭，那些一片片落下的命运，苍茫、无情、失意。

我在最深的红尘里与你相遇，又在风清云淡的光阴下，匆匆别离。

但，我们有一颗安静澄明的心，共享一种默契和愉悦。

2

尘归尘，土归土。

曾经邂逅的地方，那里的一草一木，一尘一土，都在梦里呈现，带着一种隔世的陌生与熟悉。

似隔天涯，近在咫尺。

我们相守一生，共谱爱情传奇的诺言。这缘和命，说了那么多的过去和未来。

开始、合上，那么遥远。

3

时光冲淡了水，灯光篡改了颜色。

杯底的茶叶清晰成一片片往事，在无言无语的沉默中，舒展。

岁月年轮，浮生姿态，就这样流于淡墨疏烟中。

一切的因没有果。

一切的轮没有回。

找寻到远离尘世的声音，方可化风为曲，听水为歌。无论是诗里诗外，都是一样美丽，一样的凄楚。

4

彼岸有多远？

险路，或是坦途？

你像影子一样飘忽，岁月一样持久。

那些早已模糊的童话故事，在贮藏已久的潮湿中踉跄不已。

生命附上镣铐，铸成宿命。

5

此岸、彼岸，迷蒙而高远。命运、爱和恨都惊心动魄。

在茫茫的尘世里，我再次学会了祈祷。无论梦与醒，我们都有来过。

请打开佛家的门，借青灯一盏。

若今生不能超度，我们远远地活着，尽量不触动生活的忧伤。

第二辑 诗人手迹

那倾吐不尽的白帆语言
扬起诗的桅杆出航
寻找海的浩瀚
水的宽广
凝成无垠的波浪

雨　夜

街灯，潮湿的光线，在空气中一片片的迷雾。雨像断线的珠子，不停地下着。风，侧着身子挤进门来，本来不属于它的世界。

夜，网走了一切声音，只有雨水的旋律，在远天微语。

我在这城市之夜的岸边，往事凝成的浓云，在我的头顶开始淅沥。环手之间短暂遗忘八小时的极度亢奋，我倾向于咖啡雪茄。

雨夜，我在疲惫的昏暗里，把枯黄的诗行，重新排列，仿佛看见了雨丝把我身影拉长。

一场通宵的雨，从屋檐上淌下来；夜凉，像一瓶冰镇的汽水。

笔筒，茶杯，一些书和散乱的稿纸，已是模糊了。一叠叠的信，没有地址，没有姓名，已记不清了。

开始往往又是结束。

一滴雨，一个足迹；一滴雨，一个标点。如此的咸涩。

雨夜啊，绵长的视线被你牵走，已无暇留恋这里的一切。在慌乱中飘摇的落叶，做一次飞翔后便悠然飘逝。

在雨夜里，删去所有的记忆。

但我想，明天应该先晒一晒箱底那些珍藏。

秋游断桥

深秋，那一叠叠枫叶沿着断桥弯折而去，从远古到今天，是一种被不断更新的美丽，一种被岁月磨砺的沧桑。

心事起起伏伏，一点的纸烟明明灭灭，一切了无痕迹。

我凝视着她的秀眸，细辨，如云丝飘零，缠绵的西湖，说不清，也想不清，时间和落叶一起茫然。

南屏的钟声余音弥漫视野，模糊了过去和现在。

西湖是微醺的，倒映的暮色里，那影影绰绰中，许仙和白蛇在比亭子还大的雨伞下，凝睇、缠绵、忧伤。

在不可能的地方出现，做不可能的事，断开的琴弦便烟消云散。

断桥在夕阳中，站成三三两两秋光残度的剪影，想象是寂寞，似秋天的亡灵飘荡。

抚摸雕栏的糙面，没有记忆。孤单。零乱。

玫瑰凋谢的地方，生死相约的誓言，季节散尽芳香。

寂静的岸只有树的影子，情人的路在天堂尽头。无情的时间，秋风里我们两鬓斑白。

孤独比喧闹更令人冲动难抑，心中早已是沧海横溢；留下只是无极的希望，时空的梦想。

窗外雨声细如丝

没有兰陵美酒，我也不是诗人李白。

一张桌子，三只酒杯。仰起脖子一口灌下，《将进酒》从天而泻，黄河之水汇成涛声。云烟从远方飘来，在空中停留片刻，转瞬又飘忽不见。

上天又入地，生生灭灭。几多天下寒士，躲不过世事纷扰。没有机会去坐江南古色的乌篷船。

戴着斗笠，披着蓑衣，任孤独的云朵失联。窗外雨声如丝，家里有那些老醇也有新酿，舍不得启封。老屋檐下，石头与雨的对话，春水在湖面发出心跳的声音。

我用一把伞，拒绝淋湿。背井离乡的游子，想起故乡，潮湿的心境。

半是切切，半是郁郁。被风雨打开的纱窗，夜空下褶皱的街灯。照亮仲春的梦境，那里有酒有诗还有人生的空白。

黄昏的老酒是苦涩的诗

灌下半碗老酒，房屋就变矮了。

所有云朵都堆积在窗外，还有一些老弱病残的诗篇，多想将这些光线，推进梦里。

吃下人间美餐，半碗又半碗老酒到肚，晕乎乎，飘飘然。

舌头打转，心跳加快，豪情满怀，花痴的文字，成为今天一首抒情的诗。

那些人，那些事，成为我孤独，或倾诉的一部分，忘情地抵达我生命祈祷的地方。

一枚醉酒的落日，也能点燃这摇摆的舞台。

诗人大口饮酒，可以看见一堆时光的废墟，在一本书里打开。

开始、叹息、结束，再不敢说以梦为马，守着人世最后一方净土。

渔村的月色

渔村的月色，这般高洁、凛冽。青砖红瓦风情各异的楼亭和一条寂寞的小巷，大海的桅灯照亮黑的夜。

我站在楼台，任自己成为海的影子。

听，时间和空间凝固成涨潮爆裂的声音，模仿石头呼吸。

动荡的诱惑，鱼沉默不语，散发咸腥的气息。岁月潮水，冲刷着记忆，涂抹山风海韵。

不眠的渔村，面对楼群里众多的空窗，我解不开漫长的寂静。半坡的风，穿过灵魂，比海水清晰，像一幅留有悬念的油画。推开门缝的光线，不再是狭窄的一句诗，一句诺言。

我在岁月的账单上签下名字，支付快乐。热泪、感恩、秘密和爱。一只白色的海鸥从远方飞来，从东海岸，到西海岸，发出亲切的呼叫。任温柔的浪花，轻舐心灵的堤岸。

欲望如潮，大海已沉睡。渔村的男人，成年累月，挺着不屈的脊骨，守卫大海。披一件褐泽色的帆布衫，一个失眠的男人，看沙滩留给月色的泡沫。

此刻，生活露出本来的面孔，苦涩中夹带着甜蜜。潮起潮落，白帆告别遥远的横渡，告诉旅途，岸的方向。

男人出海，没有在酒杯里沉睡，把命运当作响箭。海的腥味，被阳光炙烤，被咸涩的呼吸迷醉，淹没于大海。

女人们夜夜兀自点亮心灯，爱与牵挂的陈酿。欢悦在瞳仁里没有折光，只是在夜幕低垂后，孤独占有了清冷的月色。等待，只是一种结局。时间和空间，坚守一端。

夏夜的渔村，路灯在流动。海风轻轻摇动窗棂，月亮藏在云中乘凉。虽没有城市的浪漫，但有山乡的质朴。

他们将在不朽的苦乐里，习惯最美的暗影。

渔村，没有履历表。他是一部，中国编年史。

渔村的故事能讲上一千零一夜。

沉　思

喧嚣的都市，思念绵长。有人凝望高楼屋顶，但那不是为了启示。

你在上楼的时候，他下楼。你走在天桥长廊，他在大街的拐弯处。

人群中的擦肩而过，不相信永恒。

一切都消失迅捷。即使黄昏来临，月还未升起，显现出朦胧的诱惑。霓虹灯为夜市涂抹了色彩，人心与车流浮动。

思索、生存、竞争、信念。如果有回忆的时刻，因你而回忆；如果有沉思的时节，为你而沉思。

沉寂下来的声音，暗示夜被肢解成一堆时间碎片。

梦中，思念之情无法抗拒。是你的心动他魂魄。为你，即使在梦中，他也如同醒着。写下你的名字，如同握住你的手。

点燃香烟，遥想远方的你。月光里有你的笑容。

往事从未忘记，你和他，彼此深藏。在生命深处，一如既往。当年雨中有诗，今天诗中有你。关于你的故事，像星星，闪烁。珍藏每一句话语，那里有诗的真谛。

岁 末

晨昏交替，岁月轮回，我看见大地上寒气的影子，从故乡的窗外走过。

老街，只剩下最后一条石板路。精致的巷子，失去了昔日的纯朴。冷清，一行行脚印踏成一片空白。

悬空的云，从东向西轻盈而过。我在仰望中构图，引发憧憬，桥北头是埠，桥南头是家。

背负着的梦中马蹄，为谁敲响了一生的守望？

天黑了，褪色的木门掩不住守夜的人。

从尘器中，怀抱一路风月，归来游子苍白的容颜，被什么映得通红？不灭的炉火跟随静穆的风，点燃冰洁的血液。目光深邃，和火焰衔接。

巷子里有沉积的红尘回音，落寞正在吞噬残存的旧。 有门的地方写满祝福，又有谁见到神把关？

岁末，我们无眠。

用乡情和乡音点亮的通透炉火之下，是久别重逢的喜悦。

岁月无恙，携带日月星辰和湿润的时光，那落满心灵的乡愁。

我们不做梦，不谈远大理想。无须有酒，只把旧事掏出来，彼此取暖之后，趁夜幕还很深沉，任往事从时间的指尖上滑过。

渐渐风干的是泪水、希望和笑容。

我要将这份美丽，小心地，像生命的灯盏，永远地呵护。

子夜时分，三十七度的恒温。

一年，又一年，家家户户燃起爆竹，模仿天庭里的阵阵鼓声。

光线低垂，北斗已亦然归隐。

我看见——

人间的烟火在冉冉上升。

逝水流年

高悬半空的云，似一幅留有悬念的油画，散尽它最后一点体温和汗渍。

抬头仰望，岁月的长风吹过现实的墙，反弹，那是语言对语言的撞击。历史深处，世界已起皱。

我总能听见属于这个世界的呼吸；我总能无意间写下诗歌前半句。失效或许幸福，或许又是悲绝。就像门内欲望的废墟，外面是迷路的寓言。

摘下面具，看见光，看不见青、蓝、紫，回头向镜子笑一笑，转瞬消失。

当冬天被炉火挡在门外，时间空荡，一张飘落的白纸上，没有意料之外的故事。

开头与结尾，都按设定的程序走，包括色彩和线条。

梦，沉睡在梦里，面具模糊。

黑夜在寒冷里被光逼迫成火焰。最后一天，用墨果腹，你写着王的预言。

我给杯子斟满酒，一杯接着一杯，直到透明的空杯子，把春喝成秋，应有烂醉的人，走错家门。

我许世界以生命，世界许我以补丁。

时光依然被驱赶着，等待结束，等待收场，等待一切都没有开始。

在人潮拥挤中，在车马喧嚣中。影像，旧人，繁华和离别，再次被人提及。

在岁末到来之前，这一切都在梦中呈现，我感觉到的，却似风飘过不再回复，往事注定会成为无奈和伤感。

听不见喧闹，撞击、分裂，再撞击、再分裂，只有落叶是声音。

存在，未存在，轮回，以及尚未轮回的，一幕接着一幕，一生接着一生。

流年，草木在时序中枯荣。大风吹进诗歌，琴弦自然奏响。

山很远，东篱很近。我随手翻阅的经卷，染了梵音。

回家的那片夕阳，在梅的花瓣上，安静睡去。

川岛的海浪（组章）

失落了阳光的海浪，那热情豪放的姑娘，我们第一次见面，就叫我晕头转向。

海浪，你高高的浪峰，使人目眩；你深深的波谷，使人迷惘。我把热诚向你倾吐，默数日月潮汐，运载着一个深藏的信念，把纯真的爱情在心底埋藏。

在寂寞地搅动着阵阵幽暗的海浪，那美丽洁白的姑娘，我们每一次见面，都让我心旌摇荡。

海浪，你闪光的绸衫，令人陶醉；你雪白的披衫，令人神往。我愿做一个不老的水手，捋下残剩的记忆，点燃生命的篝火，永远依恋在你身旁。

在西下圆月梳妆的海浪，那矗立海边的姑娘，我们如今天各一方，却都让我痴心遐想。

海浪，你出水芙蓉，波光闪烁；你娇媚漂亮，旖旎端庄。我愿展开不倦的翅膀，在那碧蓝的海天翱翔，永远在海峡这边晴空眺望。

海的微笑

海，远远地，露出一线湛蓝。迷离的鸥影，在水波上徐徐地向世界打开。

超然、洁净、明亮，被太阳照着。

新的生命在大海的腹中，悄悄来临，走进了苍茫与遥远，在时光之上轻漾。

那涛声，等待无期的岸，带着深陷的忧伤，让海把它们淹没、卷走。晶莹、剔透、柔软，以及海阔天空。

唱响绝尘的歌谣，只有这千顷波涛抗拒与挣扎，只有宇宙能装下那无字的歌。这是宿命，荡漾、辽远，抛上岸，几千年的生与死，一瞬间的偿还。

深深地，吸一口咸涩的风，这里没有迷人的彩贝、金色的沙滩。码头旁的桅杆上是补丁叠补丁的帆，以傲然的沉默，接受海风喋喋不休的礼赞，让帆的亮光把诗载进了我的心间。

海滩的阳光，左跑、右跑，铺满我童年嬉戏潮湿的日子。海永远不会老，像女人睡在古老的歌谣里。

这巨大的虚空与恍惚，是积淀的沧桑，是大海宁静的微笑。

渔夫与妻子

数也数不清九级浪的海，究竟折断了多少的桅杆？

渔夫啊，把你一切通过动荡不安的涛声传达，那鸥群和帆影漂浮的遥远海天。为你守望的妻子，久久伫立在岸上，就是为了等待你回家的时刻。

雪白的浪花，纯净的大海。

你的妻子和儿子们全都是这样地率真——

不愿用海笛吹奏心事，凝视，凝视海的归来；不愿无望地等待，等待一生崇高的礼遇，总会升起一个鱼鳞闪光的日子，把一切传达神秘遥远的海。

渔夫啊，你的雄心，你的胸怀，正在成百成千倍地的膨胀，你赶海的风帆总在升起，如同一头雄性的鲨鱼，劈开大海的胸膛。

晚潮涨起来了，霞光的血涨起来了；渔夫，你的船又是怎样的如同一条红色的谜，漂进了港湾。

古老的习俗，你的妻子又开始补缀破网。日月在头顶慢慢交替，每天从海上升起的第一抹曙光，在你妻子的额头上织网了，悄悄地染白了青丝。依然为你守望，为远航归来的丈夫唱一首织网的歌。

日久天长，岁月老了，那首织网的歌也老了。

把我的诗册封成生命的墓地

1

岁月已老，光阴躲在每片叶子里，化作西天的云彩，不留下一丝余晖。

记忆是生命的舵，重复着层叠的年轮。被月光洗刷的大地，在夜的掩护下，为我打开灵魂的胴体。

往事腐朽成一缕轻烟，跟着风迁徙，生命的长卷终于被诗装成册页。

2

在这个崇尚欲望与奴性的时代，哪怕耗费积蓄一生的心血，我也要写一册站立的诗。

笔，绝不妥协。

生命是一个过程，有尊严地站立与背躬地屈膝，是两种不同的选择。

打开诗册，那么多的空灵。

里面有人情万物，雪夜踏歌，风声断，雨声乱。像马那样，即使疲惫至极，也站着睡觉。

语言是多余的。

每一个人生的节点，都为了冶炼高纯度的灵魂。

我把诗歌装订成册，待千年之后遇见知音，也感慨，也落泪，也下笔忘形、忘言，看到悲欢、喜悦、流水、光阴碎片。

这纸上的墨染，能唤起岁月的回忆，一段文字便能深味一种心情。这一页页翻下去，全是人世间悲欣交集，五味杂陈。

终会发现，自己的心才是灵魂的居所。

3

我的每一句诗，翻阅江湖，翻阅人间，越来越像高贵者的墓地。每一个词，在火光里舞蹈、燃烧。像秋天的音阶和夏季的夕阳，冬雪的黄昏与春色日的晨露。

我用诗句滋养活着的生命，让所有的文字，成为明天的碑文。

当我来到诗的墓地，为自由的新鲜空气而着迷。

4

深秋萧瑟，大地，繁花落尽。

我在树荫里打坐，台阶上积满了陈旧的落叶。

晚风吹过世间的浮华与喧嚣，品尝我苦涩的忧伤。在无言的沉默中，留下的只是流水斑驳的痕迹。

一封长长的信，来不及封口，就被夜色一点点吞没。在自己的生命里积蓄潜能，静静地审视，研读。聆听寒风的咆哮，活在人世，太多的无奈和疲惫。

午夜的影子漫溢到苍白的墙上，丢失的年华，被命运一再修订。

5

仰望，是我毕生的态度，是我站得最正确的一种姿态。

我的名字，在一枚专属的印章里，一分为二，又合二为一。渴望：静守一片安静的土壤，安放游离的灵魂。

一块墓石刷上了白色，与红尘分道扬镳。

它的身份，搅动沉沉夜色，浮光、风声、水声、尘埃凛冽地涌动。

人间的烟火，只是聚、散，没有使命。

6

往事若云，故事很浅，已轻。

落叶，看不清自己的容颜，表情颓废。

回首灯火阑珊处，一切归于平静。昔日的辉煌与凄惶，都沉淀为人生的底蕴。

白发日夜侵占我的领地，苍茫成为一种无法逃离的意象。

人生一世，草木一秋。我在一步步走向衰老的站台，不管我愿不愿意。

7

时间，挟一路又一路的风雨，匆忙而来。一片又一片落叶，飞舞，转瞬之间雾一样弥散。

我的诗句，被一个词绊倒，再也没爬起来，昏昏然。当我提着马灯行走江湖，从此传说不断被更新。

灵感发酵，那醉醺醺的思想，就像没有重量的尾翼。就像有些事情没有终点，有个词永远不被说出。

而留在我墓地的，终将是一串串未曾褪色的诗名。

8

风翻开一个个章节，流淌的诗意，似浪花，一浪高过一浪，绽放在故土的每一个角落。

我不能从彼岸泅渡而来，我是时光的祭品。

盛开、沉沦、匍匐、化尘。

我一次次被黄昏的木鱼牵绊，引领，让遍地万物冉冉升起。

出于尘，归于土。

如同人世，不需要任何仪式。只在黑暗中，一个人独自守着文字的骨髓。

9

站在湖边，痴痴地凝望：树在水中，云在水中，鱼在水中，影在水中。

静谧、清幽，瞬间千年。

匆忙的脚步，嘈杂拥挤的心灵，在这里渐渐被剥离。那蒹葭泊在水中，茎叶泛黄，孤独深处透着一身的沧桑。

这风的箴言，像行吟清瘦的行吟诗人，气质绝伦。俯身，捡起一片叶子，上面写满我读不懂的秘密。

我的一生像一辆马车，空空的马车，日夜不停。

10

前世。彼岸。

所有的描述都不是自己的记忆，仿佛生命初始，寡淡的人生以此相知。

一首诗，守候的誓言。

虚无，已被掩藏。

一个诗人在迷乱的思绪里，虚构了一生。

11

星光坠落，树影踉跄。

蒙尘或原封不动的故事，最终有着同样的结局。

最后一枚叶子，凋零，被风卷走。

这些年，从故乡到他乡，甘苦自知的路。幸好有诗有酒有烟有不断喷涌的智慧，有现世的爱人间的情。

有无限的甜蜜抚慰我的今生。

12

窗外，雨季肆虐。

心情潮湿，时间停在了那年的渡口，银杏正黄的深秋。

风吹过是错，雨淋过是错。水乡在烟雨中轮回，积聚的千年故事早已雾化。可天还是那年的天，夜还是那年的夜。

诗册里，最明亮的依然是最初的誓言。

13

一个游走在凉风与落叶的季节，似一本安静的书。

被秋风一页一页翻完，留下封底：书脊和树干。

活着，在云端上喝酒、谈诗。每日必诵读《论语》，内心万里无云。

在时代工场的上空久久盘旋，不肯坠落。

我一生都在逃离，潜入墓地散步、休闲，把自己写成诗的生命。

14

伫立，执着于半透明的身影。我耽于冥思，却厌恶苦想。人生不如意事十之八九，上帝给了我纸和笔，酸楚和痛苦从此便有了可去之处。

是的，我不富足，也不聪慧。因为讥笑总游走在我留白的大脑，所以我有沉甸甸的不屈。把心里郁积的情感掏出来，心便明净了许多。

快乐和得意我自然也写，只不过那是一种复制，用笔把快乐复制，确实，我有些像阿Q。

15

烟雨中，我撑着伞，不怕雨水淹没我的脚。光怪陆离的世界，只有一条路是属于我的。

风，沿着卷曲的记忆，叹息。

我看到一棵树站在岁月深处，在寂寞的黄昏，安静地等待。往事浮在眼前，那里有望乡的思念，还有无法切割的牵挂。

做一个沉思的哲人或诗人是我的梦想。我读出《醉翁亭记》的时候，就隐居于醉翁亭中。

16

大雾笼罩，铺满坚固的四壁，岁末的寒冷和街面的喧嚣搁置在外。只有混沌的梦，需要用动荡不安的现实来完成。

不采菊，见南山。南山之后，油菜花盛开，桃花凋零。

人生如梦，梦随缘生。

在颠簸的世途几载，亏欠诗书几卷？在光阴的祷告下，宁静的躯体，模仿自己葬礼的流程。

17

一首暮年之诗，呈现干净的灵魂。

大地尽头，尘埃纷纷停止流动。让苟且的人，苟且地活着。

在一种没有明确目的的生活里，我渐渐放下词语，放下手中的笔和桌上的书。

把中年的诗文打包，瓶子里还有墨水。神秘的指引，导引着我走向远方的终点。

有时候，灵魂盘踞于身体之外。我看不到它，也找不到它，我知道它正在黑夜里流浪。

唯有诗，在光秃秃的山岗上，疾走在枯草与回音之间。

18

天地如河岸，远远近近地框住人生的流水。每个波涛，细小或庞大，暗淡与耀眼，兀自奔流。

为完成一个过程而来，又在淹没中重生。

当我失落，灵魂跟着迷路。一个没有任何信仰的人，是不相信轮回与来世。人世的喧哗，无法躲藏，没有必要再来一次。

何人懂得这颗孤独的心灵？那么的脆弱和惆怅。

痛苦与欢乐，爱与诗。抹去人间一切记忆，把我的诗册封成生命的墓地。

生命与灵魂为伴的精神录

1

这个世界仿佛在重新列队，话语变成了方程式。人们纷纷从窗户里探出头，一系列的喜怒哀乐，无解和困顿。

行事有一种隐蔽的规则，在喧嚣的红尘，寻找自己的立足之地。

2

我想不起我是谁，看着逝去的影子，变幻的形象不断摇晃，孤寂成了一种境界。

在没有往事的时候回首往事，我的情感已献给了不存在的爱情。

在城市里，抱怨是一根刺，拔掉它，学会奔波和渴望。金钱、理想，战略性转移，从不知所措的心脏挪到了隐秘的皮夹。

3

时间染白，岁月的蹄声越远越密，而生活，好似在梦中，不停地绕圈。

人的命运酷似逃难的野兽，困惑，执拗，锲而不舍地追逐。

许多人拥来，在同一条街道上，他们交头接耳，窃窃私语。

这年代，欲望高涨，股票指数却一落千丈。

4

人世间充塞着悲剧。

无原则的书写，如同无原则的爱。

前半生的自己，多数人点头称是；后半生的自己，少数人模棱两可。

生活中充满陈词滥调，你何必躲藏呢？

生命在轮回里，轮回在生命中。

5

时间不会流失，流失的是生命。信念在现实中被粉碎，永恒成了一种传说。

平淡的日子里，我渴求，哪怕只有一次的灿烂。

今夜，月亮结在天上，是一枚果实，任凭白昼、黑夜交替。尽情欢愉，尽情释放，生命对爱的渴望。

6

多年前，我曾在诗中说，我的灵魂太纯净，坚定、从容、健康，眼里透出微光，隐藏着生活的信念，站在高处。

多年后，我惊讶于那语气，一脸忧悒，历经磨难和煎熬，像个赌徒或者酒徒，但那灵魂，依然有着人世间最初的纯净，丝毫无损。

7

生活不能把幸福和痛苦分得太清楚，有时候需要夸张，把一说成二，把负数说成正数。

把难受说成幸福，把敌视说成友好；把仇恨说成热爱，把死亡说成新生。

富人和贫穷的人原本就是相互依存的。世界还是那个世界，天空还是那个天空。

8

声音喑哑，美好因道德的干枯而消失。人到中年的我，需要更严谨地规划自己的抱负。

谦虚，不是因为精通世情；完美，不是因为善于修饰。

在某个落着烟雨的黄昏，撑一把油纸伞，徜徉在青石的小巷；或在一个秋深的午后，沉醉于枫林阵里，找寻一枚落叶的记忆。

如烟往事，可以给老去的年华添上清新的绿意，给薄凉的人生添上温暖的白烟，给寂灭的灵魂带来鲜活的色彩。

转山转水，却转不过尘世的轮回。

9

生命是被动的，好比坐火车，咣当、咣当，嘎吱一声，五十多年过去了，惊心动魄。

一个人的青年时期，学生时期，若没有写过诗歌读过诗，那你的青春起码缺失了一块。

记忆之门，由此徐徐打开，那些曾经的校园诗人，重拾激昂，回归荣光。

那是一个尊重青春和挑战精神的年代。

诗神也是爱和美的女神，我一生的追求，就是为了与她们目光相遇。

10

诗人和现实的抵牾自古犹然，他们在生活中往往是失败者，诗是他们生命的祭品，一切的苦难都为了成就一首诗，诗人与走钢丝的艺人很相似。

诗人粗鄙的语言，常常发泄的是青春的迷惘、欲望、梦想、痛苦。

世界万物都离不开诗，诗不直接产生作用，但其实影响了所有方面；在任何一个转型的时代，诗歌都是先驱、先行者，它的韵律、结构，通过语言而建立。

诗歌的不朽，不在于它的耀眼，而在于它触动一颗心灵，它成为我生命的一个标志。

诗意是人类最高的赞美。

11

诗就是我过去五十年人生的总结。

人的心灵和宇宙有关，诗的作用是，做时代的代言人，让我们的心灵再打开，诗对心灵有强大安慰力量。

写诗对我来说从来不是坚守，不是努力，它是我的生活，是存在方式和形态，是一件个人私事。

我至今坚信，诗人是这个社会的良心；诗永远领先于时代，追随其后的，是绘画和音乐。

12

时间过去了，留下一些破碎的影子，一生的飘零，也拼凑不回最初。

我通过写诗结束了一系列的（精神）扭曲、反思、调整，完成我自己的蜕变，真的有从垃圾桶里走出来，回到灵魂纯净状态的感觉。

在一个时代被另一个时代抛弃，沧桑世事，谁主沉浮？

人的生命，与自然万物相比，真是渺若微尘。

13

如今许多人，为了追求内心的安静，喜欢背着行囊，将自己送到人迹罕至的地方。

把自己流放到万水千山中，只想寻找一片世外桃源，住上茅屋，吃上野菜；俯看青山绿水，梦里云烟，有时真的忘记自己来自何处。

在流水溪边，在油菜花开的地方，日出而作，日落而息地生活。

拨开心中弥漫的烟尘，眼中的世界，明朗如月。

在这片净土，安身立命，坚持做自己，穿过红尘，从容于心，书写岁月，留下一些细碎老旧的故事。

14

我想我们都已经过去了，或者忘了，追问生活意义的年龄，甚至已经过了那个年代。

我们面对同样一个事实：互相回避，虽然不是刻意，更非特意。

生活啊，我们总是摸不透它的意义！

生命的最后一幕，在一片素色里静静地彩排。颂歌的人都藏得很深，悲剧不肯谢幕，我不敢再向前了。

15

我的故乡，是埋藏于心底的条条弯曲水巷；在记忆中的青石板路，是灵魂至深处对于质朴乡情的牵挂。

人有悲欢聚散，读累了世事，看淡了人情；人生，就是这样删繁就简，弃假留真，舍恨存爱。

纵是岁月沧桑，心中依旧无邪如昨，灵魂清澈，视万象为纯一。

我从那里出发，走遍世界之后终又回到那里。

当生命归于世外尘土时，人生最崇高的成功，莫过于找到心灵可以皈依的地方。

第三辑

人生感悟

借着时光的拐杖
慢慢饮尽最后一道茶
其中苦味
自知

本命年

我说的话越来越少，像灯把自己的光芒缩小再缩小一样活着，希望保持风度。以前说过的，成了烟云；不想说的，成为思想；现在有时无话可说。

书页翻卷了，床榻睡晕了，衣衫倦怠，所有的喧嚣，时间不可逆转。

灯光下，悠闲的脚步，勾勒出一道风景，却忘了一个佝偻的身影，可以入画。

看见新叶生了，秋叶落了。生活一次次激烈而无味的比赛结束了，但最终逃脱不了入土的宿命。

亚健康、慢性病，和我的唾液一起，混合成为一种糖分，通过咽喉，身体里面的那头。

早餐、午餐、晚餐，偶尔下午茶、夜宵。修炼饕餮的空间，火候恰好，充实肠胃，料理生活况味，蚕食都在悄然进行。

在冬天围炉夜话，发来的短信，没有惊人的句子，等待明年的秋收。

我在阳台上剪去多余的花枝，向外抛，看淡这人来人往的世界，坦然面对。

买药和吃药，受他人督促和提醒，成为自然的一种规律。不怕苍老，却害怕腐朽。

人生的最高处，和朋友高谈阔论，去厨房煮一壶文学的茶水，因为这个世界再无任何事物值得畏惧。

一页画满曲线的白纸，猜不出它最后落款的日子。是一道必须的序曲，终于歇息。

火车在晃荡中前行，因为有票而坐，忘记无座的人生才是真实的。

我寻求自身的安全和平衡。

风吹草低，一个季节到来，一个季节离去，万物有了新的记忆。

老树选择在黄昏，坚持最佳的姿势，孤立在群山之上。

落叶，让我想起种过的头发，皱纹爬上眼角，树枝执着于躯干，思绪却总是被四周的落叶打断。

借着时光的拐杖，慢慢饮尽最后一道茶，其中苦味，自知。

乌有之乡

诡异，混淆。蒙面的江湖。

云游途中，仍有侠客或者隐士走向乌有之乡。

所有人都梦着醒着，渡过无边的暗夜与苦海，数尽归帆与落霞。

祈祷飞翔的平安。

从此，不再惧怕一切人间风雨。

沿着江南，流水与落红。枝蔓丛生，竹林小径千丝万缕。

后世，线装书里的隐语谜底，在这片薄纸上，踏出清晰的血色脚印。

让我引领在云间、在大雁的翅膀之上。风雨潇潇，苦中有乐。

只与明月碰杯，传唱经年。

一片无所傍依的云朵，飘荡在乌有之乡的路上；从白到黑，广袤的大地上，匆匆赶路的人，作为永恒的标志。

对面高高的楼群里，点亮一盏灯，紧紧裹住，解不开漫长的静默。

即使时光倒退，依然没有答案，依然以梦为马。

隐藏着五千年。

简笔的风景，一年一年，销声匿迹，那个古老的目的地。

废墟在掌心里打转，不小心滑进一个生锈的旋涡。因为它画空气，掸不尽的烟尘，无痕而大美。

黄昏，永远是宋朝的宫墙。

在时间的怀抱里昏睡，我的神情忧郁，游动在夜与灯光的缝隙，一个个满是灰尘的音符在雀跃。

空气中有着杨柳清香的气息。

当我醒来，斑马线上的城市屋檐只比生活略高一点。

风吹散夜雨。

叶子纷纷扬扬，一半枯黄与地长眠，一半傲立于冷风中。

仿佛乌有之乡与世界无关，辽阔、久远。

时光之殇

1

时光，仿佛秋雨淅沥，猝不及防，隐没现实的苦涩。叶在不经意间枯黄，方向，忽明忽暗。

湖面反射的阳光，被过滤。风击碎了风，尘覆盖着土。

时光与时光之间，没有过渡。

2

人生旅途有长有短，一条主线，若干岔道。悲欢离合与悲喜交加，人间百态。生命尽头，是否还想演绎梦寐以求的飞翔？看，静谧的幽香，覆盖了过往。我临终的最后一句话，唯有自身的影子一直追随着自己。

3

时光，吹老了四季，也苍老了我的容颜。故乡的印记，逐渐陌生。远处的灯火，像翅膀一样穿过尘世云烟。

把我的影子刻进每一块石板，天老地荒吗？声音被雨水反复冲洗，纸上有轻微的呼吸。落满花瓣或树叶，多么缥缈浮华和平仄，在大地铺展。

4

一路狂奔，寻找诗歌与远方。

我一次又一次举起手中那本忘记来处的经书，始终隔着一个世界。听梵音呢喃，禅意悠远。

回首，来来去去的过客，执着于我，我执于念。还是去梧桐树下，打坐，放空身心，任斑驳的光影迷离。

5

在时光的隧道里，快速闪过一路欢歌的风景，一缕诗意的墨香，一生寂寞的守望。情深意长的是镂刻在年华中最美的篇章，经典的红尘恋歌。

听，风里有我的思念。在灵魂深处的世界里，更为动感的泪水，被雨点省略。

6

我沉溺于天空，夜色和无人的街道，心变得沉静。崭新的建筑群窗口透出的灯光和酒，沉溺于各种明艳的颜色，换一盎司的快乐。

当我走进田野，带着些许忧伤，浮生如逆旅，立身简素，像这孤清的月光，让人怀旧！变幻莫测的命运，在呐喊中奔跑，从生到死，多么像一场虚幻。

7

岁月蹉跎，一条回家的路被反复阅读。一切皆有可能，万物荣光；一切皆无所得，荣光万物。

风雨轮回。我轻轻打开日记，逗号句号并举。用文字打造意境，彻底摆脱文字虚伪，剥去夜的外衣，删除臃肿的句段，一起解扣，让文字洗练如心，让身体入戏。

8

时间的脚步日趋热烈，改写语言。

现实与梦幻的经纬线交错，我在哪里？生命只有一处盈余，我复活时，油菜花开。

诗句长了脚，借弦月的光深入；诗句发出淡淡的光，人间似有还无。我听到另一个我在唱歌，小声地。

唱诵，升在经幡上的黎明。

朝圣者（组章）

雅鲁藏布江奔流，被沉默无声的湍急收藏，风把戈壁吹成轻烟。

朝圣者虔诚，与年龄无关，与老少无关。晚霞与朝霞，穿越冰凉的土壤，一路匍匐。

大昭寺、布达拉宫广场，前尘往事的引领，他们的涅槃。信仰，在南无阿弥陀佛的经卷里，都能在心中绵绵流淌。

菩提下，都说人间绿色天堂。

慈悲的黄昏，既非轮回，亦非新生，用痛苦搂紧人间。

虔诚

蓝天的眼睛里总有一汪暖暖的色彩。远处和近处，接受这世上最清澈的声音。

朝朝暮暮，神的灵光借过的云朵和浪潮，随风起伏。心中容纳肉体和精神干渴的同时，神秘的预言给予启示。

虔诚，祭拜。

岁月陪伴着他，是朦胧的幻想，遥远的安慰，贪婪的汲取……

许愿

风打开天空，风打开大地。一面湖水，它静谧，镌刻着日月、河流、山川。

呈现出尘世最灿烂的蓝。

我看见佛经凌空飘舞，万千星辰引领，一直通往神灵的国度，通往尘世的轻重。

他们，像身体之于灵魂，像灵魂之于一切繁华和落寞。木鱼喝着檐角的雪水，一直在尘埃里打坐。一声声，拨亮摇曳的烛火，把红尘敲绿。

他们祈祷，唤醒的心经，转动的碑文，参悟六字真言，完满于尘世，结束于永恒的光明。

有人在眼泪中悔过；有人在法号中辟邪。

云间的菩萨，从不指点迷津，又释然多少的因果得失纠结？

寺院门口跪地时的一只蒲团，坐穿星空。

渐远的日子

风，穿过夜的发梢，记忆被摇碎。

没有归来的铃声，没有花香，你的身影在现实之外。故事，被埋在遥远的地方。

在南方，阳光最温暖的纬度，我面朝青山，看瀑布、听鸟语。

观，头顶那朵透亮的云，怀里揣着对你丝丝缕缕的眷恋。无论时光如何变迁，你永远是那一段不会褪色的生命痕迹。

此刻，阳光弥漫窗前。

一只神奇的手在墙上涂抹，幻觉中，又变成你模糊的脸。我是你梦境那残缺的部分吗？昨夜，我听到你梦的呓语。

不要离开，你是我最有效的那颗安定。

从秋到春，从寒冬到酷暑。我站在窗前，呼唤那一个有你的多情雨季。

梦在十字路口飘零，一个渐渐苏醒的黎明。你扯着长长的影子，掠过。

你走了，我夜夜失眠。

清明·祭

你徘徊在绿色天堂。

我看见，死者的魂灵，如尘埃，在半空中游荡。

没有言语，黑暗成了他的负担。夜色里，传说的无常在墙角和门缝，弄出一丝声响，他们躲在酒瓶和安眠药里，引诱。

香烟缭绕，琉璃盏里的水波轻漾。风中传来一阵阵诵经的声音，这是对苦难的赞美。

肉体死去，灵魂不愿收敛翅膀。

人死，灵魂是完整的。有的干净，有的肮脏。

当最后一丝光亮消失，无数灵魂在流年里呐喊、咆哮、沉默。

外面的世界很大，我不知道该向谁祈祷。唯有星空，承载着人类的初心，宁静、守护。

你的脸，若隐若现。

你说，你不想乘风，愿驾一缕烟，把痛苦遗忘。

只有死者逝去，生者才能出世。

这时，理想长眠于地下，壮心不减，白发飞到仙鹤的高度，以便窥视天界的消息。

总像一场戏，以幽灵的形象出现，在魂的幻境出窍，淬火中获得永生。

感叹词，一声长啸，你自己给自己画上了句号。

清明，素色成为主基调。

有关你的记忆，从喧嚣又归于寂静。

世事空蒙，逃不脱因果轮回，望眼欲穿的渴望，无法泅渡苦涩的海。

许你在云端，隔着天空透明的墙；隔着界与界，河与河，岸与岸，看着我。

孤独的魂，点燃那放下的黑暗，在天地间聚拢，在人世间显现。

那些遮盖异常的幕帘，藏着悲伤，不要说一颗红尘的凡心。

来于尘，归于尘。

雨　季

今夜，睡眠又一次把我推出门外。

天空正下着雨，我目光晕眩，看雨的缝隙深处，埋葬了多少灯火？摆放在路边空地上的石凳，交谈的人已经远去。

面对尘世，我已沉默很久。生锈的内心，对人间的悲欢，一律视而不见；没有过多的重叠，没有过多的翘盼。

走进雨的梦境，简约的宁静，我闻到了树与雨相遇后散发出来的暧昧气息。在大道拐弯处，我爬上二十九级台阶，咚咚叩响高处的一扇窗。

远处的海湾、江湾、湖畔，都有自己的苦乐和风雨中坚守的信念。失眠的钟声还在流浪，那一豆渔火，拉长了余光中的乡愁。

一盏岁月里的灯，在大雾或者黑夜中找到了方向。我要努力点亮这盏灯，让我的内心干净，把碎银凝成时光偿还今生，把旧日子一点点耗尽。

回首，听雨滴打在洁净的玻璃窗上，屋子里一片宁静。

生命中的丁香

借着一地的阳光，我仿佛又看到那一簇丁香，缥缈若梦地盘桓在我家的后院，生长。

它温婉的花蕾，如漆的枝叶，还有那曲清绝的霓裳，一如烟花般绽放。绚烂缠绵，却又刻骨成殇，它和春天的约会，那么芬芳。

空间与时间，在地层漫长而缓慢地堆积，给了它营养。

丁香发芽了，丁香开花了。

花蕊颤动，开出一瓣儿，又一瓣儿，美丽，轻盈，像一个遥远的梦想。

让它在枝上栖息，似蝶，没有停止的舞蹈，一口气开出五瓣儿，就像为生活打开一个方向。

丁香花，开在时间之外，轻轻摇摆，不关生死与凋零，它与我的灵魂一起站着。

院中的丁香绽放，世代延续，生生不息。

相同的面孔，平和、善良、安静，带着笑意和尘埃。

我离开它们已经多年，在远方奔波的空隙眺望，那里有故乡飘来的花香。

怀念，像翻阅一本书，无数次地打开、合上，总有一个相同的画面在眼前浮现：在房前屋后，在山坡上，盛开着一丛丛的丁香花，灿烂、明亮……

单程的机票

单程的机票把天空铺白，白得就像嫦娥奔月的那条银河。

我常思念你飘逸的长裙，白云镶边拂动清澈的足音，仿佛暗夜从肩头滑落，月亮旋转如你的风韵。

这一晚的月色清凉更瘦，犹如桂树的半张落叶。

是传说，不是传说。

虽然，你的长裙带起的柔风，吹散几颗星星入眼睛。天上人间，那弯弯曲曲银河，扯成一缕缕潜流。

今晚，重叠。

古老的钟声，在那夜色的街道里消隐，已经沉默了千年。

如果没有你，我将在干涸中僵冷；如果没有我，谁看你彩色的潮汐？

昨天不会永恒，明天也很短暂。我已经把岁月的苦果，拿来冲刷我的记忆。

岁月如流，这些年来，事实上我已淡忘时令，忘记钟表上走动的时针、分针、秒针。

短短的人行道上，不该碰撞的心又碰撞。

那些破碎冬天的伤痕和灰烬，顺着你手指的方向，被一条河流带走。

时间，把我们细细地穿在了一起。

在缄默中想你，好久没这么想了。

城市消隐于夜色。

失眠的路灯，把我与夜隔开。好久没这么想了，那么短的一条路，我就像翻旧书一样，一页一页地将岁月绳索越拉越紧。

再次从遥远的梦境，回到了现实，我用想你的脚步丈量时间。假如我爱，是爱你无声的寂静。

一个可以忽略的颤音，跳动的音符，独立却又相连，从不知其始到不知所终。

这是一个空港的航站，熙攘的大厅，来来往往的旅客，提着行囊陆续出站。

我搜索每个人，没有你熟悉的身影。旅客远行了，喧嚣的大厅已空空荡荡。

我告诉自己，不急躁，耐心等待……

蓝山咖啡馆

黄昏，昏黄。

舒缓的节拍，多元的音乐元素，在渐入黑暗的夜色中闪烁着温暖的光晕。

湖水清澈，岸边垂柳摇曳，淹没身边的人烟。

路上的梧桐树叶子簌簌落下，一片片黄叶，被夜色淋湿，疲惫。

推开蓝山咖啡馆这扇木质门，车水马龙的喧嚣，在钢琴曲中淡去；那优雅自然、绅士味道十足的钢琴演奏，每一段富有质感的曲子，为生活慌张的都市人提供了无压力的聆听空间。

今夜只有我无声地坐着。

这里是一个柔软、懒散的逸想世界，听着乐曲，发呆，端起一杯属于自己的咖啡，让暖色的旋律伴着浓浓的咖啡香，一同驻入内心，在舒畅自在的心情中抵达快乐的终点。

咖啡，浓苦，香甜，一份咖啡，一份温暖。

方糖，在杯中旋涡里溶化，洁白的奶，淡淡的。

随着咖啡夹着热气缓缓入喉，热胃暖心，怡心提神，在杯中咖啡袅袅雾气缭绕中消除所有疲惫。

悠扬的琴声弥漫着凌乱的空间，到处都是记忆中荒芜的睡眠……

把梦停在四周，穿越地狱，透过天堂，美得辗转而忧伤。

咖啡馆成了一个可以停留的开心驿站。

一个人喝咖啡，是回忆；两个人的是爱情，三个人的是温暖，一群人的是热闹。

细匀轻搅，思绪回转，单品咖啡的醇香，把人包裹了起来，心情变得柔和舒畅。

特别在于苦涩后是浓郁的甘甜，它的韵味，在于苦后的回香，强烈扑鼻的花香和柑橘香，酸质浓郁却恰到好处的柔软。

我的左边桌子，有一对中年男女，面部表情像枯萎的柳丝，一些阴影线已在他们光滑的脸上留下一种记录。

时间塑造了许多人物，依次安排角色，不在悲剧里，也不总在喜剧中，却无时无刻不在捉弄人。

所以需要一个地方，让眼泪不再隐藏。

凡俗的人世间，灵与肉的疼痛；没有什么不可以放弃，一切故事褪尽墨迹，冻结了冰凉的咖啡。

我翻动纸质已发黄、残破的书页，那盏幽暗不灭的灯光彼此忠诚。

爱，纯洁、罪孽，盛开情欲、秘密和生命。

酒吧

灯光灰暗，稀释不了酒吧之夜的浓重。一屋子的酒味，潜在男人的身体里。喧嚣、热烈而堕落，只能把沉沉帷幕撩开，一个忧伤，一个沉默。

尽管所有的细胞都已堵塞，烛光幽微，女人与男人一同被酒精整容。男人被烈酒烧灼了的一片痴情，再多一点浓度，没有放，只有荡。

猜拳、放肆、吵闹；满地的烟头、瓶盖。

这里没有李白的《将进酒》，只有光线下那苦涩的胆汁。

空气如筛，已经把四周的人群漏掉。

在微淡的烛光中，摇曳出困惑、迷茫，醉酒者言说不休。

透明的玻璃酒杯坠落的声音，忧伤的泪水落地的声音，记忆的碎片叹息的声音。

信念已被抛弃、背叛，总是戴着面具生活在黑夜里。

只有一些虚幻的谶言和现实的哑谜，像围城或玫瑰，被生活揉皱的人，不断往里面挤压，无法赦免。

酒精就像你身体某个多病的器官，敏感、脆弱，只能把胆囊开败。

太多的黄梁上的梦被惊醒，发生的爱情也该打烊了。

挥霍了一斗金、两斗银。

慵懒的老板娘，在消费中变凉的账单里，可以承放纸币的折痕。

月光醉人，酒意醉人。

盛满红酒的银壶已破，哼一路酒曲摇摇晃晃，去“龙井”清泉，洗净我身心的尘埃。

西湖的灯火

湛蓝的西湖，玻璃一样的水面，笼着薄薄的雾气。

环湖的灯光，袅袅，半昧半醒；柳叶的影子在走动，冷风独语。

湖畔的石头台阶和长椅一样矗立；男男女女相互窥视，又羞涩地笑。那声音，突兀地从湖的嘴巴里冲口而出，拍落一路的水珠，扎向夜的天空。

静寺的钟声，拖着长调振落雷峰塔一地灰尘；南山路的酒吧，杯光与裙夜舞，燃烧着宋代的一叶扁舟在三潭印月泊了千年。

苏东坡的歌，半干半湿地贴着湖面，期期艾艾地滑行，咀嚼着清淡。

西湖的酒呈烈性，穿透湖水渗出浓酽的悲绪。

这是西湖的夜晚，所有的街灯裹着夜的身体。

疲惫的风吹过，脚步虚幻无止境；精致的笑沉积在湖底，横看竖看，倒不出清澈。

命运的转盘像湖水的波纹，它可以摇动澳门的拉斯维加斯的巨浪；那些枯叶还留在树上，减轻色彩，加重梦想，坚守着生命与复制的阵地。

城市的夜色，天空很低，我坐在城外看城门很窄。

咖啡馆里一僻静的位置，容下我们的对话。

你的目光，你温润的唇，以无限的颤抖，在微淡的烛光中，摇曳出困惑的婚姻，你紧锁的眉，是一道难以破译的密码。

沉寂多年的词汇，仿佛破冰船危险的航程。

午夜十二点，我们已低下头，在越来越稀薄的空气中，我表示了相信，也表示了怀疑。

时间被静静地过滤，一杯咽下去的咖啡，苦涩，被一种平和所充盈。

有关心灵底线，像是来自于伤口的挣扎，需要一次沉醉。

那么多不眠的灯光，那么多委屈的星星，把炫彩藏在镜子里。

一片被凉风触动的柳叶，而夜色纠缠如湿地。

写给冬日的孤独

一条漫长而寂静的街，我站在路的转角，数着落叶。

寒夜，只有冰冷的石板和沉默的树叶，灯光下孤独的影子，还有我陷进年轮的旋涡，日渐衰老的身躯。

冬天的树，又矮了一截。

看飘落的枯叶和远去的世俗，它们在光的影里，交织。何处是流浪灵魂最理想的居所？

明月爬过低矮的墙，为不眠的窗点亮灯盏，与斑驳的铜镜打了个照面。逝去的容颜，似一坛陈年老酒，蓄满馥郁的乡愁，仍尘封在记忆的老墙根边。

辘轳摇着童年的歌谣，任江河辗转。每个冬天，孤寂如期而来。

各种色彩的树叶在夜的光晕里颤抖、飘落。光，越来越厚实，又渐渐稀薄。我把一本印有我名字与诗篇的书，放在夜色里，由风轻轻翻动，书中的字迹开始模糊。

多年以后，我在树的躯干里看见了，书一页一页落尽，正如我预料的那样。

宿　命

咖啡馆，印着往来过客的心迹，古朴陈旧，却不褪色。

那淡淡的花香和柑橘香，依旧青涩。

窗外，细碎的灯影造就细碎的空间，在重重叠叠的潮湿中洇开温暖的光斑。

车水马龙的街道，高楼巨大的阴影里，秋风像一本书，合上又打开。

这时光美丽的赠予，没有谁，轻易忍心辜负。

如净月秋水的，又有多少？

一切际遇，皆因缘起，路上行走着纷飞的忧伤。

一个人，临窗而立。

时光在某个角落，孤苦伶仃。

我摇晃着面前的杯子，喝着没有加糖的咖啡，品着生活的苦味。

听他们谈论汽车、女人和趣闻；邻座的聊天，失意或是扬扬得意。

一生与笔做伴，被墨水浸染，我点着一支烟。

一切都静了？
一切都死了？
我的思绪被烟头烫醒，有一种裂开的感觉，这是我的宿命。

天堂的美意，神的眷顾。这银饰的月光，这灯烛的思念。
初秋微风，在高高的枝头喧哗。
那片沿湖的柳树，允许它盛开和今晚的凋落。
我住在异乡的心弦上，让湖水的音乐充盈天空。

小心地合着自己的脚步，在暗淡灯影中徜徉。
在回归与启程中徘徊，感觉生命在时间中的点点流逝。
哪里，又有用诗歌，记录的梦呢？
蕴藏着忧郁，沧桑。
埋葬着孤独，流浪。
许多的愿想都已荒废，不让未来在今夜破产。

秋风像梦一样长。
在一片又一片落叶的引领下，我背转身，收拾记忆的斑光。
我的起点，我的原点，提着马灯行走于江湖，点燃自己的宿命。
细数一生的衰老与光荣，今夜却那么漫长。
我在弥漫咖啡的香草里，那杯里还有唐突的心跳在期待明天太阳的光芒。

生命地理（组章）

（一）生命中的独白

在我的生命里沉淀，
决定我生命的属性和走向。
季节不再轮回，
只有我的生命被赋予了
这样的注定和宿命。
——手记

1

曲曲折折的河流，不知我灵魂的根埋在何方。

借着时光，生命、幸福、死亡，在人生的路上。神秘的暗示，如此冗长，多像亘古的苍凉。

别问我哪里来，我和万物殊途同归，生自尘土，归向苍茫。尽管我对生命淡然，终其一生触摸自然的法则。

生死的轮回，生命的存在，时间的拷问。

人间烟火，心中一盏无眠的灯，在世间大小不一的棋盘里燃烧。

2

遥望我的前世今生，我该用怎样的词汇来缝补自己的日记?

千年光阴，被一滴莫名的雨击中往事，应声而落。

来自岁月深处，生命的加法或减法，已丢在风中。所谓的一生，与爱有关的抒情，终成云烟。

我的先辈因此将我写进族谱，如同写进自己的名字，编号与序年却藏进模糊的纹路里。

3

我坐在异乡，贪婪地聆听时间。

这人生，除了霜降和光影，一切都显得那么的缓慢。恍惚中我还一事无成，却也不再年轻。太多的孤独、疾痛、烦恼和忧伤，太多的无助、疲惫和劳苦。

有时候，我奉劝自己：归隐，长伴青灯。但有太多忘不掉的牵绊、抛不开的纠缠。

日子的一面是蝶，一面是蛹。

4

多少年来，那小镇的时光幽暗而苦寂。在那些离乡的背影中，我也是故乡的叛逃者。

凋敝的故土，在我身上留下太多的痕迹。我的疲倦和皱纹，以及感伤时溢出的大朵的泪滴。

踏上尘土去寻觅生活，肩上的担子分外沉重。这俗世浮华，这人生如梦。

生命对于我，只是路上的风景，错过了便不可能再回头。

5

许多似曾相识的事物，依然在原处。

我也在一路寻觅，与世无争，内心已经空无一物。看破红尘的时候，是否看到了我的真身？

时间总与死亡同龄，生命的粮仓，躺在泥土里看星辰运行。掌握在我们手中的命运，只是半截无法破译的密码。

旅行结束了，终点站的月台就是故土。

6

冬天在我生命中定格，我不会再换季。

我将梦想给了青春，将快乐分享于情感；我把灵魂留给了生活，将苦难留给了执着。

我将最好的，都献给了朝霞。我将最坏的，都葬在荒漠。

可我依旧活着，活得那么坚毅而洒脱。我还不够出色，历史中没有关于我的颜色。

我用我的精神，歌唱着自己的乐曲，朝着自己的目标，给予自己所有的生命力。

7

我以为懂得生命的真谛，但灵魂已沾满了淤泥。

我想把生命寄存于天堂，愿将一生奉献给最美的时光。

我想丢掉所有迷茫，让灵魂汲取最饱满最热情的希望。

8

人生有缺憾，绝句有生命。

我知道，我不能过分贪婪，不能将暗夜的月光占为己有。

生活的渡口嘈杂、拥挤，甚至反射着自身的光影。

我只能将旧了的身体塞进地铁，裸露的焦躁与健忘塞进暗夜。

人生的路上，该黯淡的都黯淡。

我所能做的，只想让呼啸的列车把中年的惶恐，一点不剩地带走。

而我衰老，要独自面对人类全部的喧嚣与生命的沼泽。

（二）生命中的轮回

此生想去的地方，已没有几处，
能记住的人和名字，已经越来越少。
而世间，有多少事物，已经没有了来世。
想到这，我有些不安，又有些喜悦。
他们和我一样，也记不起来何时来过人间。

——手记

1

我看见历史苍白如纸随风飘动，许多灵魂沉默不语。

今夜浑浊而且透明的光，在空空荡荡的林子失去了温暖的夜色。往昔的浮华，一圈一圈的涟漪散去，我用诗来还原，凝固，或重溯。那些刻意的，做作的，被词语装饰过的，生怕被人忽略。

当我用歌喉走回童年和故乡，摇篮与坟墓都在流浪。

2

多少年来，那家园却若即若离，似隐似现。

我一直都在为肉身，也为精神寻找自己的归属或家园。

那“恋歌”没有洪亮歌喉，高亢旋律，心却被那针芒般的诗句一次次刺痛。我不相信这是命运，我有一种驱纵万物，俯瞰天下的语句风度，置身于世俗生活。

我眼前飘着酒神的长长影子，大醉之中的吟唱。更不想模仿和复制，在跋涉的路途上，只有踉踉跄跄地走下去。

3

我本是一个写诗的病夫，以语言的药片浇灌生存。

在我半辈子的人生岁月里，那令人昏迷、畅醉、舒爽的记忆，还是空白。

这些年，我追随滚滚红尘，一路喧哗地旅游在天南地北，所谓现代化城市。触目的高架桥，快速路，步行街，别墅群，摩天大厦，购物超市，巨型广告牌。楼群逼仄，光线晦暗，汽车拥堵，交通瘫痪，市声嘈杂，人满为患，古籍翻新，新景做旧，大同小异，似曾相识。

所有的欲望翩翩起舞，那些流淌着乡村往事的田野风景，日渐陌生，遥远，模糊。

我仍然执迷不悟，拖着心痛和绝望的尾声，携带着语词跋涉在诗的柏拉图之旅，要把伊甸园的寓言搬到诗里。

4

生命的回归，使我“精神分裂”，面对万有引力、压迫、抵制和消失。

我那独唱的声音寂寞、孤单、低沉，无人喝彩，甚至无人理睬。

尘世太累，世界轻下来，只因少了我一个。前生是尘埃，是灯火，你眼里有我，我眼里有你。

从低处仰望天堂，从高处俯视人间，死亡仅仅意味着生命的终极。而天堂可以补偿人间的失落，不值得悲伤。

5

我的前世今生，从污泥里出来，从喧嚣的浮尘里挣脱。

我一尘不染，室内那昏黄的灯光从没有熄灭。我抱着枕头可去安睡，睡眠里隐忍疼痛，梦里扎得更深，更沉。

梦中还有那时隐时现的甜蜜和忧伤。

今夜，从一方印章里，埋下头，顺着旧迹我再折上那个被角，让时光的波影重新归于寂静。

6

陌生的你，陌生的我，陌生的，这个世界，人生终究是一场戏，生命是一首没唱完的歌。

这些年，做过很多的梦，梦醒了，依然做梦。

生命的火焰不能熄而复燃，留下的是〝对人生求索而不解″。

人生呵，是一道没有答案的模拟题。

（三）生命中的变奏

> 每个人都有自己的历史，
> 这是牵扯也是延续，
> 是悲哀也是幸运。
> 就像你手中的风筝，
> 她的高度除了取决于你手中的
> 牵线，还要有适宜的风。
>
> ——手记

1

生死炽燃，苦恼无量。

灯火跳动，一点点熄灭。而我生命的快乐，从智慧里溢了出来。

我舍弃世间留恋的东西，在一步步的移动里。那么人间烟雨，萧条，寥落，燃烧历史中的距离。

直到我寂灭的那一天，完成立碑前的最后一道工序。

2

在我散文诗集某一页，我的文字变得苍凉。

我双手交叠，笑容里隐匿我惯有的嘲讽与悲伤。而黑色的镜框里，双眼底垂，几乎要闭合。

在时光的消解与补偿中，我奋力赶往我的盛年。这或许是自然一种规则，其实已经潜伏多年。而这样的结局，欲望的帷幕总要拉上的。

我合上书，闭上眼，仿佛走上孤独的旅程。

3

在我生活风声里行走的影子，体形日渐矮小。我会站在路口，即使自己迷途，也不会偏离生活的轨迹。

修改了上帝制订的规则，这往往并不取决于我自身的选择。那些昨是今非的变化，正掩埋了生命的真迹。

多少个黄昏，我沉默，并且学会向寂静和平凡低下头颅。

来路却是如此短促，简单，几无痕迹。

4

人世间的一切事情，该发生的或者不该发生的，都来自宿命。

坐在车厢里，窗外的景物迅速后退，我仿佛从中看到自己一生的缩影。

瞬间浮现，又瞬间消失。抓不住任何，可以得以慰藉的一粒沙尘。

坐在前行的车上，窥听到时间的车轮滚滚，辗过人世的路面。一生节节前行，却又节节后退。

瞬间就成了过去，被时光用旧了，我更加认清自己。

5

当时光继续向前推进，我凝聚全身的力气，也无法搬起。

人到中年，梦想是一种奢侈，也无法用完整的词汇打动人心。我不知道一个诺言，一个谎言，是天堂，还是地狱。

在这世上某个角落里，正安静地，呼吸着。面前常常出现虚幻，悬在空中的灯盏摇晃着。

内心，几乎耗尽了我所有的智慧和生命。

（四）生命中的片段

> 音乐响起，那些脚步，
> 或轻或重，或急或缓。
> 台上台下，戏里戏外，
> 这人生的重叠，这角色的置换。
> 从古到今，多少隐喻，
> 多少偈语，余韵不绝，众生啊。
>
> ——手记

1

我喜欢的一支笔，在纸上吐出潦草的语言，柔顺，流畅。

在时间的缓慢流淌中，我一路踉踉跄跄，波澜不止。

无限绵长的那些，挂满了天空的屋檐。

我随着月光流走，在夜空下看夜空，穿街走巷。迈过城南角，迈过护城河，迈过菜市桥。那加工的斑驳招牌，低矮房屋的灰白瓦片，只淡淡的一层雾，复合了历史的寂静。

小城这一刻化身，在黑暗中，慢慢拼接我的影子。

2

我喜欢的一支笔，在我的思想下，写出生活的真实。

在狮山脚下校园里，挂着那口老钟，已经多年没有响起。它作为一个信使，曾经在很多的生命里，留下了划痕。四十五分钟的严肃和紧张，四十五分钟的活泼和欢愉。

在这静谧的校园里，曾经倾听过敲响，或者没有。听过它响动的后来人，都有着相同的梦想和憧憬。

岁月的更替，仿佛被删除了青春，在一个地方一动不动。

3

我喜欢的一支笔，上面有我的气味、指纹、汗渍和目光。

当小镇已经熟睡，在我所不知的角落，依然有事物运行的轨迹。当故乡，仅仅变为埋有亲人的地方，归来，我只是个匆匆过客。

我将删除记忆，屏蔽过去与未来，只看眼前。时间，断裂在空中；回忆，被记忆的相册拆散。灯的思绪，带着我孤独时的眼神，延伸到时间之外。

越不过去，也回不去，人的一生，就是被卡在这里。

4

我喜欢的一支笔，它是一首写不完的诗。

我无法解读先人的诗歌要义，我不能让情绪随意飘落；我不能让灵魂沉寂，也不能知世事中度的长短。

我只能吟咏学习，纵横旷世的人生技艺。也不能任时间挥霍，双脚唯一能做的是将岁月走穿。就像穿越一个狭窄的琳琅满目的街道，忘记快乐和痛苦。

我要找到地图的位置，只求得到我完整的生命。

5

我喜欢的一支笔，飘浮天空中，窥视窗外。

我的面容就是一支烟燃烧的过程，慢慢地，云卷云舒的烟圈上，安坐着我的生命。

一支燃烧了一半的烟，纷扬中落下的烟灰。我的生命也慢慢随着烟雾的缥缈，走了。随着岁月的痕迹，拿走我的灵魂。已经无法探寻生命的意义，也无法说出，有没有前生后世。

我看到那烟雾，正如同过去的日子，慢慢地离开了我。

6

我喜欢的一支笔，答案在我文字的语声深处。

手掌上的故乡，在云卷里翻捡甜蜜。那些年代里的卑微的心灵，生命呈多变图案。

深夜里的歌声，如风在大海中吹动帆。将我的船吹向一个遥远的地方，不带走一点尘埃。

岁月流转，从这个词到下一个词，我需要走好多年，

就像蜗牛开始回到自己的故乡。

（五）生命中的真实

过去我每走一步都留下鞋印，
现在我漫天满地留下空白。
今夜，我的龙井茶，
在我杯中漂泊，
不上浮，也不落下。

——手记

1

我出生那年就老了，别问我经历过多少山河岁月。

我的步履慢得都老了，老得都走不动。我走在阴影中，跌入此时的明朝子民，地下埋藏着曾经的道路。

寻找先人的足迹，谁在檐下不停地钓起往事。注册事态炎凉蓝本，我听到亲人的名字被苦吟深颂。

如今我在月光里沐浴，内心被渐渐洗空。只留下自己的影子，渐渐远走。

我的生命与人交易，常有与强盗相遇的宿命。

2

雨点，自上而下，一直在我的胸口幽居。

雨水，自远而近，让我的思维常常停留在半空。飘了多久，有没有遇见前世的天长；飘了多远，有没有过完今世的地久。

远隔被雨水淋湿的故乡，裸露尘世生活的疤痕与光环。

浮尘之中，往来人生就空空荡荡。

生命，就像备忘录：带着沉重的忧伤的内心，在时间里飞扬。

3

这些年，在我灵魂的深处，孤独沉积在我的年华里。

记录它，或多或少，深深浅浅的沧桑感。有时会从梦中站起来，有时躺下的回声、共鸣。

我埋首于小镇的街巷，少言寡语，蒙恩于独处的安宁。一粒微尘，一颗种子，归于泥土的迫切中。

曾经的梦想、隐痛及盘踞在绝望之上的孤独，使我一再由纷扰的事物中脱身。

4

我站在路口，轻易地标注生活的无奈和心灵的忧伤。世界掀开更多的绚烂，也掩埋更多的生命痕迹。

无数个黄昏，我用沉默包裹生活的烟尘。

失意时，我将漂泊行走的酸痛，作为与时光对峙的唯一筹码。我只能这样欺骗并麻醉自己：苦与累。

只是对上帝塑造我肉身所付出的无奈的赎还。

5

人生不过是一次从故乡出发，走向未知的历险。

我为自己一点点解开灵魂，欲去还掩的衣衫。我承认生活的刀锋，剥开伪装，切开更多的伤口。

我拥有无数可能的选择，却又无处皈依。有人把我的灵魂典当给了生活的商贩，我陡然发现，无论向前还是后退，不能选择我的终点。

6

我这一生，有时头仰得过高，有时又垂得太低。

我这一生，总是找不到一杆秤的准星和合适的位置。

故乡，再远，也能把我生命安然地卸下。

我杯里的一片茶叶晃荡，漂浮；清冽、香甜。

有人说疏于尘世，一口饮下千年的寂寞。

我愿用其中的一个汉字，一个句读，方言朗唱，人世间此消彼长。

（六）生命中的奇迹

故乡的丁香花，至今风韵犹存，清香依然。

故乡的根须，扎在我的胸怀，成为我的心跳。

因这些魂牵梦绕的花而打开诗神，寻找歌吟。

——手记

1

当我仰望，秋天的面孔，澄澈，明净。

所有的尘埃，所有的纷乱，都跌落在时间的褶皱里。秋天的时光，为什么总是如此恍惚，让人心醉。

我晃荡在这空空荡荡的人间，却找不到灵魂的所在。人世总归是沉寂的，道路飞扬起尘土，我们自然闪在一旁。

从寂静到沉寂，余生中，一颗老太阳，无力给你太多的热和光。

今日今时，我的诗篇描不出你模样，只有无穷无尽的思念。

2

月亮高挂苍穹，可为什么照不见你。

我们的生命在春天起始，遥远的悠远的呼喊，遥远的悠远的逝去。

岁月的篇章，只是崇敬地感知。轻轻地轻轻地过去，抹不去的轻轻的痕迹。

尘世的路上，一朵云在我的心里，一杯咖啡里记下那时的忧伤。在麻醉的微亮中，坚持用自己的羹匙举起小小的苦涩。

3

在那个大雨初歇的夜晚，让我们分开的是梦想的远方。

多少夜色，都陶醉其中，你不必退缩。写在纸上的，必从心里流出；放在心上的，请在睡眠时取出。

回头，望一望，那是宣读你内心最后一页。满心欢悦又有些许的叹息，我还守在那个地方。

4

在那个夜晚，天上星光灿烂。

爱的馨香的手，翻阅了我们心中的灵秘。

可曾记得这个时候我们一起走过，你掩饰着那不可遮蔽的光芒。一次激动人心的初吻，我们最好不要指出，谁是主动，谁是被动的。

我一次一次抬起头，也有长长的话要对你诉说。

失败者举起酒杯，和胜利者的喜悦一样。

5

我还守在那个地方，一株丁香的凋谢，胜过它的开放。

你坐在窗下，窗子被阳光突然撞着。线在你的思想中，越来越安静。你像一个孩子，一切都在芬芳中酣睡。

只有一个回忆，在结晶。只有一个安静的手势，在永远致敬。不要咀嚼忧伤，让我们一起收拾超重的泪水，装进行囊，重返家园的路。

6

世间的尘埃，人生的风云。

记忆的旧屋，儿时的阳光，熟悉的面容。在人生路上，还有多少无畏的引领和生命的沮丧？我已经疲惫不堪，哪里是我下一个点燃的灯火？

当我走到了生命天路的中转，在消无声息里，结束彼此的梦想。

7

青春啊，令人迷惑沉醉的风情，又是令人崇敬叩拜的端庄。

在这秋天的季节里，满树的叶子在成熟中一片一片飘落。雨的滴落，花的谢幕，还有消隐的爱。

而我们已不再年轻，“浪漫”，无法从容地伫立风中。让我在你的风和雨里，打造不同寻常。

总有一天，像古老的传奇，写进那年轻时代一首旷世的情诗。

与世隔绝的秘密，从此再也无人问津。

8

我们又要分别，不知将相逢在哪个明天。

不需要约定的纪念，深刻的留言。当我们醒来时，已经相离很远。不要试图寻回什么，只有我和你是一路的人。

我们的前程在那个日出的海岸，奋斗着抵达时，也许已过许多年。

今夜，等我为你写诗，南风阵阵传递着酒香。杯中有酒，我就不再羞涩和笨拙，因为举杯。且饮下这陈酿，任青春如酒，酒如青春，让美和好都在酒中。

一生的酝酿就为今夜千杯不醉，且让我为你斟个满杯。

第四辑

生命情怀

人人都明白
生命于自己只有一次
黑与白是生命的原色
和这个秋天的色彩斑斓毫无关联

生命原点（组章）

尘　土

此地，几块瓦片，一片废墟。

生冷，带着浓烟。尘土中掩埋的落日和荒草。光斑里的沙尘，天空呈现独立的阴霾。

远处，树林裹挟的风声有一种异样的曲调，低沉、忧伤。

但愿那不是燃烧的声音。

我走着，仿佛引领着一群人在走。和我一起沐浴在午后，透明的光圈里，一起重新感受一处发出噗噗噪音的建筑工地，一座清冷的公园和几十棵冰冷的无家可归的树。

靴子上的尘土，和尘土，还有上面的落叶。

天空灰蒙蒙的暗影，安于升起与沉坠。它飞翔，它流动，无处不在，无形于万物间。

我不能辨别方向。

在清凉、温润的世界里，制造沙暴，也传播了病毒。

荒　原

光是尘埃的路，尘埃是天空的路。

河流、大地、土壤，从埋骨的青冢看见乌鸦和老树，斑驳。在过去的年代，被无数的鬼魂纠缠不清，

活着的，只是自己的亡魂。

荒原使人类贫穷和羞愧，蓬乱的杂草被岁月征服。一片空地上，几块被遗落的石头，也许长眠于此地。日月星辰，生是死的路。死是我的路，也是你的路。

仿佛命运已隐没于忍耐之中，人仍可以回答自己的一生。

荒原，灰尘慢慢堆积。

立在野花迷乱的山坳，我甚至害怕，风随意触动某个音符，在荒凉中出没。

这座城没有地标，丈量这里的是黑与白。一砖一瓦，每条街巷都流经身体，很静。

荒原，你企图接近，却永远无法抵达。

废　墟

一抔泥土，两只铁锹，翻动岁月。

踏上褐色沙丘，阳光没有了色彩，乱石参差林立，大地颤抖。废墟上，一粒粒黯淡的灰烬，沉默。

芳草萋萋，昆虫呻吟，灵魂深处涌动的声音，隐秘在夜晚走失的琴弦弹奏。我用生命的权杖探寻，流淌出人间烟火沧桑。看，废墟上那只低飞的乌鸦。

它目睹了多少世间的迷局，胸中是否有一方破碎的山河？它用沉默，把自己从喧嚣的天空上析出，不时传递出神秘的暗语。

我一言不发，呆呆地守望土坡，从这遗弃的废墟里走出。

满身灰烬，发出声响的是风。

生 命

生命的质量，不是肉体的忍痛。是一种燃烧，一种勇气，一种欲念。

窗外无眠的夜晚，建筑锤打的工地，每一次睡梦中，都要触到灵魂的痛处，孤傲的心在颤抖。

生与死的距离，反复荡漾。

远去的风从未停下，沿着身体寻觅。生命退化了，躯体落下尘埃。

人人都明白，生命于自己只有一次。

黑与白是生命的原色，和这个秋天的色彩斑斓毫无关联。

墓志铭

1

生命不是唯一的衡量。前世今生，轮回里不灭的印迹，缘分的深深浅浅。

红尘万端缘由，总有些许无奈，聚散别离，在回眸的弹指间。

晚年的照片，面容安详。岁月留在心上，总有细细的皱纹，这半个多世纪的荒凉，却坚信这一生，艰辛和梦想并行。

没有一个人能逃脱最终的结局，那是注定的宿命，人生这一程，是长亭更短亭，有些事注定为故事，有些人注定为故人。

我转身，不带一丝遗憾。

2

一条河，精湛、剔透、圣洁，围绕古城四周。那激情的水，顺东流向西，是一种意义的抵达。

古城在夕阳中沉静，几块凹凸不平的石板，黯淡了曾经的喧嚣，忘却了尘世。

无论赞美抑或是讽刺，印上了时光的苔痕，接受记忆的冲撞。

徜徉于历史的渡口，像油画的色彩，铺在苍凉的画布上。

生命因为邂逅，时光与记忆和解。

3

岁月留下来可以让我臆想的存在，人却没有这个机缘，再上路也是轮回里一无所知的茫然。

朝代更替，几轮征战，被带进泥土里，封存上千年，等待那一天，日光打开，重落人间。

人生是一个传奇，无论平淡还是波澜壮阔，终有千帆过尽的时刻。就这样安静地停栖于红尘枝头，笑看千秋万代的痴人梦语。

我把黄昏舞成寂寞的影。每一个转弯，都像重新来过。

无数次审视自己的内心，也许就是今生唯一的执着，从历史，从风烟，从笔墨册页间，湮灭我梦中的传奇，不离，不弃。我才能明了最后的真谛。

我们都是过客，我们只能是过客，人生不过是曲终人散的过程，只是散场的时候，有人欣慰，有人辛酸。

4

那轮盈圆的月，面对世间的冷漠、残酷，义无反顾，不顾归程。

一叶红枫，在微风中，悄悄飘落。

祭奠，便化作生命热情，唤醒了我的灵魂。

我驻足在墓碑前，发现一切动感都在凝固。那开满野花的山岗，蝴蝶羽翼的震颤，山泉的风声鹤唳。

来路与去路，一条阴阳的分割线，穿越无比浩大的空间。

墓草，青了又黄，黄了又青。

它是六道轮回的路，世人无法偷窥我的净土。

5

在清明时节，一个孤独的人守望着，听到许多心在悲伤，生命的肉体，能否成为人间凭吊的彩虹。

时光越过红尘，那尸骸腐化为一堆堆白骨，千载过后，成土成灰。

干枝倒下满地落叶，被孤单的风吹偏了走向。

在飘来飘去的飞絮中恍惚成伤，不要问我从哪里来。

一夜间凋零在寂寞的荒冢里，谁还在寻找哭泣的灵魂。

前世，来生，无人能看到我的归途。

6

当葬礼的烟花散尽，轮回完成对接，我和那些共同的朋友一起，沉默。

这个葬礼与往日不同，个个面色凝重，分别握手表示慰问。

今天的他，不是明天的自己，在这个孤寂和平静的山岗里，画下一个表情符号。

冷静的姿态，默默地表达着无人理睬，孤独与不幸。

意外的聚会，每个人都有那么的一天。

生死没有距离，就像此刻，他们从墓中走来。

肉体的寒冷，精神的暖意，灵魂的飘荡。

从此，时光载于石刻的标本，是安息的地方。

7

生命的终结，我这一生最辉煌的故事句号，只写了一两首诗，用箫声吹奏着忧伤与晦涩，为自己划下一块冷寂的沙洲。

葬岗的土坡上，正绿了半幅寂寞的春草，耳边有低低的风声，穿越经年。

我抬头，辗转的目光顺着视线，望向六百多年前的瀛洲城，在那盛丽非凡的年代，那座斑驳古老的城楼上，拓出一幅丰润饱满的工笔画，一派升平，气度从容，在我的发鬓间留下岁月寂寞的印痕。

山岗，每一座森林，每一树花朵，每一滴露水和清泉，每一缕阳光和月华。你看：它安静、平整、洁白，天空祥和，那淡雅的香气，以歌喉追随夜莺。

兽与鸟少些争吵，人与人少些战争，可以静心，逃离喧嚣与浮躁。

8

碑文，生命，死亡。

幽泉，裸树，还有山岗上待开的桃花，人生如一场梦幻。

不管在前生还是来世，躺着的那些姿势，多么的干净，多么的完整，一切落地生根。

等我老了，那一天

杯中的酒，一滴一滴蒸发，我的头体验到高处的眩晕、失重和坠落，引领我在天空找到一望无际的乐土。

虚晃的人影，生生将我从自然中剥离，脱去一件欲望之衣。

尘世里终老一生。

当年的《将进酒》，酒杯吻碎酒瓶，一杯复一杯。

最后一杯还在燃烧。

风里倾听诗魂的呐喊，每个结茧的文字都藏着新生的温度。在那缱绻的梦里，诗人的呼唤酣畅淋漓，所谓的思想在发芽。

圣贤寂寞，已散去，至今未知。

人在回忆中老去，时光的“剩品”，岁月会忙着清扫。

名牌服饰的专卖店与我们无关，各式美食与我们无关。我们弓着腰，走过热闹的街市，任凭路灯拉长疲惫的身影。

黄昏来临，天空渐渐暗淡。窗外，萧萧风雨，加重了我在这个季节的思念。

想故乡的山山水水，想老家后院的青青菜园，想古城在变迁和颓废。想那些繁茂的往事、青葱的岁月；想那些令人心动的情节，笑与泪；想这个世界给予我们的快乐与忧伤。

回首，在沧桑里走向真实的自我，将一生浓缩成一首诗。

一首诗的好与坏，和长短无关。反复地阅读，不紧不慢。你清楚，我也清楚，人生就这样过去。

人，这辈子，慢慢地活着，慢慢地变老。

最后一页

当最后的风雨消失，一条船，浆声一片，以漂的方式。

河流后退一步，依然不够完整。远远的海、山和心，干净地照着那个远行的人。

把你留给身后那座繁忙的城市，被各种光芒所掩盖。

日子像被搭起积木，无论是风和日丽，还是满天阴霾，在空气中踩下脚步。日子是变化的，一些旧书信，一些潦草的字迹，已如一张白纸。

时光依旧刻薄。

内心有沟渠，有尘埃，有苍茫。它漫长无尽，那是无法弃置的。

鬓发终究要变白，像陈旧的记忆兀自生长。剪掉那些已然遗忘的太多细节，要定期清洗、梳理。

当眼眸看见了自己的黑，记忆和时光重叠。落在湖面的树叶，那越来越近的倒影和风，蜿蜒曲折。

回到生活的地方，我读书、写作，坚持着走过岁月。

古城情结

1

我踏着青石路，一个踉跄，心灵与石板撞击的瞬间，行走如诗。

古城已不见当年的辉煌，只闻听残存砖瓦的呻吟。牌坊上的红纱灯笼消失无影，只剩下遗址的寂寞。那朱漆剥落的古宅深院，低矮错落的粉墙青苔，黑灰的瓦楞上摇曳着的枯草，波浪起伏的檐角，已在逝去的光阴里倾斜。

古城在风中移动，呈现沧桑的倒影，书写寻梦的悲凉。

2

生命的轮回和世事的变迁，守望一场沉醉的梦。

一条街，越走，越窄；越走，越深。因为没有路，才到处是路。曾经，车水马龙的十字仓桥，人声鼎沸。如今异乡人经过，只有空寂的足音。

衰退和繁荣相伴，痛苦和快乐并存。

以为时间会为我守候，距离不会成为障碍，却忽略我们自己正在快速消逝的现实。

3

古城身躯佝偻，像一个驼背的老人。

街道狭窄，长度与历史相仿。那些粗粝、凹凸不平的石板已被撬掉，新铺的水泥路反复打磨，连石头的纹路都已磨平，光亮、舒展。

这上面没有了祖先走过的足迹。

沿街店面楼裙及广告语清晰可辨；守着窗子，知道这个世界，总有一半属于黑夜。

古巷深沉，古桥从容。还有古意挂在明时的壁炉上，我写成可以换酒的诗笺。抬起我沉重多思的头颅，把目光伸向高远的天空。

大寐百年。

一段文字记载，有字，无字，历史都是过眼烟云。

4

故乡的情结，魂牵梦萦，思绪在我眼角集结。

我迷醉于这里的小巷、大宅瓦屋、青石桥和不老的古井。残缺的古城楼，已无昔日风情。

无论岁月流烟交替，如新如故的感觉不会停止。

尽管我小心翼翼地收藏着记忆的碎片，可那些过往的时光已渐行渐远。

我只想写一行行文字，试着去缝补多年的陌生。

5

回故乡的时间一年比一年少了。

碰到一些人，更多的人不知去向，活着或已经离开，谁也不会主动提出，要找个时间，郑重其事地回故乡相聚。

一棵树，一片叶，一只鸟，一声吠，一口井，一条河，一首歌谣，甚至一条巷子的发迹，都是地点见证的凭据。

尽管我们换了一个又一个地方，换了一个又一个电话，可故乡一直在静止的时间里，眼睁睁地看着我们在各自的天涯，把对方弄丢。

人在途中，走过的城市与留下的故乡，最终只能尘归尘，土归土。或许，一生只有一件事，那就是分别。

人与人的分别，人和一个地名的分别，人同情感的分别，遗憾的是故乡并没有赋予我们分别的经验。

我们第一次尝到故乡时间还给出走者的重量。

中秋之夜

也许，那月色滴响湖边的夜晚，仿佛旧唱片滑过的听力，感觉沉重。

也许，那将抚摸相依的栅栏，荒凉而渺小，一切都很亲近。

月光的碎片，与秋风纠结。

空中暧昧的光线被点燃，浅语，幽芳。

由春至秋，宛如岁月穿行，伴随我人生旅途上颁发的一枚枚印章。

路上，行人少了，街道宽了，车流的灯光略显黏稠，我在一页很沉的纸上和你对话。

月光，早已不分清晰和朦胧；

爱情，也被演绎了又演绎了。

透明世界里，你永远是一个抽象的符号。把淡淡的惆怅和甜甜的梦想，融进稀薄的夜色里，秉烛写一首旷世的赞美诗。

今夜，披上月亮的盛装，望着彼此如窗外飞舞的兔影，秋天飘落的叶子，依旧一片潮湿。

云端之上，每一个表情都是故事，每一道波纹都是传奇。

我只求月亮，云不遮挡，风不吹落。

一枚洁白干净的明月，永远停留在那个暗香浮动的夜晚。

梦里金乡（组章）

小　巷

1

在这条巷子生活了很久，我始终不敢正面看一眼脚下的石板路。深一脚，浅一脚，石缝间偶尔探出脑袋的青草。

狭长的巷子，所走的每一步，与我身上的骨架有牵连。其实都踩在自己，被肢解的骨头上。

一巷明澈穿越，一巷重彩泼墨；

一巷无量抒发，一巷熹风而过。

2

光阴逝去，巷子如故。

每一扇门窗，都无法查询结果的季节。那龙凤的瓦当，不再光鲜的屋檐。被风雨浸泡的，只剩下稀稀落落的斑驳痕迹。

沉默中，词语发不出声响，只有到来和离去的影子。

百年的妩媚和忧怨，沉睡在记忆深处。

3

想起小巷，无法忘记那段好时光。

祖辈总按照万卷书脊的方式垒筑花台，多少庭院，就有多少花台。巷子里的人对花台有深深的眷恋，看，陈家阿姨发髻上的月季，是张家阿婆在自家花台上摘的。胡家爷爷的花台上长着，李家小姐胸前的白兰花。余家大哥家的花台兰草，弥漫清清幽香。

一条小巷，万朵蓓蕾。

夜色里，似在瓦尔登湖旁，听着音乐，把你家的房门叩响。

4

巷子，古老又新鲜的清风，通幽。

巷子里鸟鸣清脆，是来自明代末年的方言，我听不懂。一只母鸡率领七只小鸡，绕过哭泣的垃圾箱，觅食。在巷弄，楼与楼之间，一串一串，晾晒衣杆上的衣裤，还挂着昨夜露水的清辉。

在巷口，我去买老林家做的第一笼热气腾腾的水磨年糕；听他讲讲当年在上海滩的老故事。

走走，停停。

在生活的转角处，仿佛回到童年描绘过的场景。

5

小巷，在一个拉黄包车的手里，晃晃悠悠地被拉了半个世纪。

诗人想从诗中突围，放下油纸伞，总在徘徊。

太长的巷子没人读，没人走，音乐都随一瓢酒走远了。

我想找个地方醉一醉，走一走狭窄的小巷。看一看，会一会，多年不见的老友。

走出雨巷

踩着小巷卵石，你徘徊雨巷。
淅沥的雨丝，天穹灰暗。
翠绿的伞，是否能撑起这个凄婉的主题?
倾诉不尽的惆怅。

这个雨巷，不属于你结满愁绪的丁香。
记忆像夜一般深沉。
你的相思在百合花瓣上颤动，秀发飞扬。
铺一地温暖的蓝色。

为找寻失落的抒情诗行，你又回到小巷。
雨已停止，天空如此晴朗。
脚步在巷口的柳树下，回荡。
枝条仍在摆动，任凛冽的风，抽打往昔时光。
你的故事装满了怀想，身影划出生命的波浪。
我在日月迷雾中辨认你的形象。
小巷太短，思绪太长。

你站在巷口，何人读懂你回眸的忧伤？

虔诚寻找心灵振颤，休戚与共的风雨里，品尝生活甘苦。

为你点一盏灯，那里有爱的份量。

故　乡

远离故乡，我的思绪迷失在陌生的土地上。

多少个漂泊的夜晚，我幻想，踩着与故乡一样古老的青石板，靠着与故乡一样坚硬的城墙。

城市的浮躁和故乡的宁静，尽显各自倒影。生活的潮水，如流动的炊烟，弥漫芬芳。

风雨旅程，滋生故乡绵长的思念，魂牵梦萦。有芦苇婆娑河流清澈，沉醉几世月色。

天空书写蓝的诗意，黄昏竟变得如此美妙。故乡的一切，在我生命旋律里，发出质朴而淳厚的音响。

回到久别的故乡，粗犷的阳光撞击遍地花香。母亲的白发，隐在逝去的光影里，不忍回首。

此刻，我孤独地站在城楼上，像一个做了错事不敢回家的孩子，满腹的悔恨，莫名惆怅。无论我走到哪里，眼前总闪现故乡的田垄，一片油菜的金黄，蜂蝶簇拥，爬满南瓜藤的墙壁。熟悉的低矮茅檐，任热泪尽情流淌。

朴实的父老乡亲，给予我喜悦和热情。他们与故乡一起老去，从不曾有贪婪的欲望。

过　年

小碟大碗，地道的家乡菜，岁月酿就家乡的味道。围桌而坐，每个人脸上绽放笑颜。

唠叨声也变得美妙，让我忆起遗失的时光，奔跑的童年，还有少年情怀。

煮酒论英雄，也可以谈诗文。斟上一杯醇香，千言万语，节日的温情。

一饮而尽杯中酒，微醉的步履，摇晃着。

亲切，凝望中深情，过年了。

过年的盛典，恍若一部书，从春读到冬，伴我一年又一年。在岁月的长河里，翻开的每一页，都是崭新的故事。

看心路留下一行长长的脚印，酸甜苦辣咸的滋味。守岁的钟声在零点如期而至， 敲响古音余韵。

叩醒我的醉意和梦境。

年是昨天与明天的分号，年是今天与未来的起点。从年初到年尾，画一个团圆的圈。

老屋在照片上，成为春暖花开的家园。

故乡的年夜，温暖如旧。

我的乡愁

1

面对苍白的宣纸，迟迟不能落笔。我在一首诗里，酝酿一场痴情的等待。

这一生的开始与结束，那扇怀旧的门，开了又关，关了又开。

窗外阳光正好，风在呼啸。温暖，从来都是咫尺天涯。

此时，斜阳里长满了浓浓的乡愁。

2

怀念，故乡的曲调。

那漂洗的古朴楼台檐角；隐藏在城中的牌坊；无法守住雕花的石窗、黛黑的屋檐，来不及迁徙的老屋。一张张荒凉的脸谱，人走灯熄。

故乡，一座日渐衰败的古城。

突然变得如此疲惫、清冷，留一地时光的残片。悠远的长音里，佝偻的背影，成为定格的特写。

古城墙早已消失，梦里没有天堂，灵魂无处栖息。唯留下乡愁的骨头，煎熬成汤，暖我空荡荡的胃。

3

当故乡成为远方，热泪盈眶是因为熟悉的陌生。

翻开扉页，那里有快乐单纯的童年，有激情飞翔的青春年华。还有流动的云彩里，那一张美丽的脸。

往事如烟。往事并不如烟。

无眠的夜呵，相思似帆，在风中升起降落。

故乡，我愿用一生的时间，来丈量与你的距离。

4

古城，格调如昔。古典，淳朴，让我心速加快。

阡陌纵横的江南水乡，天空，云层迷离。深浅不一的目光，被苍茫笼罩。

大片的黄昏从古城的脊背上抖开，在风中飘摇不定。那一刻，故乡的面庞安详、混沌，点燃自己的宿命。

在老屋前停住脚步，恍惚那一缕炊烟，浮动的光影，风与叶的交集。

5

纯净的歌谣，从热烈到冰冷，半生的梦和故乡纠缠不清。

离家千里，乡愁是挥不去的牵念。

在梦里梦外，徘徊。

望不到尽头的是心底的忧伤，那是我与故乡之间不可言说的秘密。

6

在冬日的深处张望故乡。

挟一路的风雨与匆促，在一片又一片落叶的引领下，回首。

从远方飘来的云，掩盖我走过的路。

杯中的菊花，总是开成最舒展的状态。饮一杯，陪我度过散漫悠长的午后时光。

守着经年隔断的消息，火车拉响我生命的长笛。

时间已不知去了何方。

漂泊的行囊，填满厚重的乡愁。

今生，我只能说着故乡的方言，守着异乡的无名河，慢慢变老……

我的家乡，梦中的故乡

1

我的家乡，是一座百年古城。

它像一幅绘在江南墙上的古画，任凭年轮留下多少痕迹，也不会更改最初的模样。

斑驳的瓦，青苔的砖，沉默的城墙，它安详、低调、淡定，贴上岁月的标签，匆匆装进我的行囊。

我在风雨飘摇的舟楫之上，阅尽历史的繁华与沧桑，它们一次次绽放，让我的记忆飘满花香。

如梦一般的幻影和诗一样的境界，行走在中国的南方。

2

我的家乡，古城已不见当年的辉煌。

那张陈旧的地图，折了又折叠了又叠，依然有令人魂牵梦萦的韵致守望。

站在明朝的石板路上，感受风与青砖呻吟的痛。回首，天空与大地一片落寞。

薄雾初起，隐去牌坊上的红纱灯笼，只剩下遗址的清冷惆怅。

朱漆剥落的古宅深院，低矮错落的粉墙素瓦，还有那摇曳着的枯草，波浪起伏的檐角，已在逝去的光阴里倾斜，失去了方向。

今夜我让酒千杯醉万盏，让浓浓的酒香沉醉于颜色的波涛，让星光为我们照亮。

3

我的家乡，已不再有童年的梦想。

我的梦，一直被风牵着流浪，断线的风筝，躺在泛黄的信笺里，走近你，却又不知所终。

油菜花染黄旧日的思绪，异乡作故乡，我已多年未闻杏花的芬芳。

那座吱呀歌唱过的童年风磨，已在南门头沙土深藏；残垣的缝隙中，夹杂着遗漏的欢乐时光。

倾塌的老屋下，覆盖着游子伤痕累累的思念；在狮山树林里数星星的孩子们，已远走他乡。

故乡已不是我儿时的故乡，你我早已天各一方。

4

我的家乡，是江南的雨巷。

河边的石桌，卵石的小路；河道弯曲，池鱼欢跃。

我在梳理记忆，无论是衣锦还乡，还是形单影只，都是走向你的斑斓和丰满。

在你的怀抱里，所有的重逢有了幸福的重量。

即使双鬓已白，亦乡音不改；那条通向生活的长路，已融入雨巷的合唱。

5

我的家乡，是我生命中的故乡。

我伫立狮子山头，守候几千年烟云。

请原谅我和你的失散，请原谅护城河边打了个弯。

可哪怕游失得再远，依然记得故乡——血脉里流淌着生生不息的河流。

故乡，在时光的潮湿里，我渴望重新找回它的气息。

你呈现时间、地点和方式，你把现代还给古典，给蓝天一个想象的牧场。

6

我的家乡，是诗的故乡。

我踏着青石板的街巷而来，说那里有坛陈酿老窖昨夜已启封。

我忘记了疲惫的白天，走进和这巷名一样浓香的夜晚。

我写下，寒风中坚守的丁香树，写下刚冒新芽的青青小草。

我写下，一个陌生而熟悉的地名，黎明前的盛大光芒。

我写下，黑夜和白昼的两面，都市生活的诱惑。

故乡的夜，朦胧，远远近近，月光和灯光交集。

已分不清是我的故乡，还是诗的家乡。

古城的冬夜

古城的冬夜，橘黄的路灯，照着匆匆而过的脚步。穿风衣的身影，与幻想中的夕阳余晖，交换彼此的体温。

此刻，夜阑人静。

带你走进，那甜美的梦乡。

古城的冬夜，你站在漆黑的夜空悄悄守望。即将分离的脚印和两颗孤独的心，夜因柔情而缠绵。

树影再也挡不住，我们目光的传递。

用纯情、甜美的故事，编织着古城的骄傲，梦境涟漪。

古城的冬夜，寂静、倦意被月光冲淡了；稀疏的星星被月光洗净了。

我记得，那流动的河流发出鼻息的声音，给人以不平静的追溯，时常让我浮想翩翩。每到这样的时候，我才有机会独自聆听。那珍藏在我心底深处，美妙的夜曲，战栗。

古城的冬夜，梦醒着，等待醒着，渴望醒着。

踩着苍老的小巷，穿越了风雨岁月；弯腰，丁香花开放许多浪漫的现代故事。

梦中，不再负载；小巷，便成为一首美丽的抒情诗，感动无数灵魂。

将这个冬夜，折叠进日记本里，留给黎明的太阳，翻阅。

太阳出来了，古城的夜，渐渐变亮、变红。

古城人的目光，也开始上升，追逐着阳光，追逐着蓝天，也追逐着，心灵向往的高度。

而我的心，却早已化作一只倦鸟，一遍又一遍地盘旋在古城。

在那蔚蓝的空中。

回故乡

1

故乡，我回来了。

怀着忐忑的心情，等你热腾腾的目光，签收。

护城河，静谧依旧。肥沃的土地上，一棵又一棵树挺立。我似一只久未归巢的倦鸟，紧紧依偎你并不宽厚的肩膀。

我看到你昏花的双眸，流淌出母亲般的大爱深情。乡音未改的游子，把有关你的诗行夹进了岁月的日记里。

每一次翻看，都有一种莫名的感动。虽然多年的割离后，故乡已模糊成另一个异乡。

2

推开时间的门扉，废弃的瓦砾上野草顾盼生姿，看古城苍老的容颜。

萦绕的炊烟日渐稀薄，没有了秋虫呢喃，多么寂寞呵，这空旷的暮色。想起那些跟饥饿有关的日子，思绪纷乱，泪水在眼眶里打转。

踏着石板路，如梦一般的幻影，倾听韵脚与心灵撞击的声音。

3

夕阳西下，我的心在远远近近中游离。智慧和信念的绳索，已积满枯叶。孤独的诗句随风而逝，飘散在明代的背影里。

家园如此荒凉，让我无法与失眠的酒杯对视。我知道，我控制不了自己的挂牵。

从古到今，消失或者流走，你都一直停泊在我的心上。寻找与逃遁的结果，最终被时间掏空。

细数一生的荣光，也许，那杯里还有期待太阳光芒的愿望。

4

我用瘦弱的诗行缝着故乡的补丁，朴素或华丽。铺上温暖的底色，听小鸟啼唱。

沧桑行走在厚厚的纸上，何人不知烟霞已老？薄雾里的水色忽浓忽淡，酿造某种离别的情绪。

故乡，当游子成为过客，注定要与你擦肩而过。

有关风有关云有关梦的记忆，收藏打包，让我在想你的每个夜晚，重温。

故乡的河

故乡的河，遥远而神秘，水从岁月的深处流来。

在记忆中，彼岸花开。

即使画笔也无法说出，它们起伏的色泽；即使诗句也无力再叙，才有了古瀛州的人杰地灵。

故乡的河，一年四季流淌着潺潺的神韵。沿着血液的网络震颤，将穿透我的生命。

孔夫子站在河堤上，手握一根蒲草嗅闻回味。

他陶醉在记忆的清香里，讲解《论语》一样深入浅出。

故乡的河，总有雄浑的日出与日落。

想起百年前错过的，那个约会。秋风把芦花酿成一场大雪，一行白鹭飞过这头涌向那头。

唱着永远的歌谣：“蒹葭苍苍，白露为霜；所谓伊人，在水一方。”

一片片莲荷轻灵神秘。

在故乡，在江南的古镇，故乡的河，飞跃大江南北。

透过柳树，小桥下的流水，月亮与你脉脉对视，让你怦然心动，让你情不自禁，流连忘返。

站在城墙上，依稀听到——
大河奔流，遥远的回声。
山重水复，先祖的根在那里，时间使我们老去。
将欢乐注入大地上的花、树、粮食。
故乡的河，默默地守着。

中秋·桂花·月亮

我坐在窗前，新来的时光正将逝去的时光，悄然重写。

今夜的清风，翻过昨日的婉约。在大地起伏的脊梁，踩出了星星脚印，桂子花的芬芳在夜空中弥漫悠远。

那枚十五的月亮，不倦地照在我的床前。仰望着九天河汉，天地间的印章在夜空里如明镜高悬。

一轮秋月，一阵禾香，地平线上飘洒成六月雪。

奢望与对视，用洁白渲染。

今又中秋，桌上月饼香甜，在异乡静寂的角落，流淌过男儿的泪。

游子乡愁，将月的情殇留在今夜，定格。

月光飘满山坡的村庄，桂花雨，打湿了中秋的心事。那一轮有温度的月亮，将云霓镌绣在苍穹之上，轻轻地诉说思乡。拜托吴刚，可否捎上我的祝福?

我与故乡的距离不远，只隔了一个秋天。丰盈的花朵渐次收敛，只剩下菊花，将阳光雨露酝酿成微苦的药香。

此夜，要有一壶酒。

要有采菊东篱的闲情，不那么浓烈，方能品尝月饼背后的滋味。

如果今夕执大笔，我定会举半山明月，替你探路，一定有人，铺好了满城的月色，等你落笔。

又闻桂花芬芳，一年又一年。

月依旧，人依旧。

桥·河流

1

一座桥降生了，便拥有了属于它自己的寿命。腐朽或烽火战乱，走向衰败和坍塌。

桥带着古朴的气息，默默诉说一个时代的繁华与苍凉。

一座桥，引领着一个方向。一条路，蜿蜒着伸向远方。

我从桥上缓缓走过，脚步落在厚重的桥板上，或轻或重，或急或缓，如音乐的节奏。

时光，渐渐模糊撕裂一个个脚印，只剩下一座坚硬的桥。

桥静静地矗立在河流之上，静听江水流淌的声音。

每个人心底都有一座桥。

2

每一条河流都是孤独的，它渴望一座与自己长相厮守的桥。

每一座桥，都通往一条远去的路。

站在桥上，看船夫撑着桨，蹚过河中的激流。

俯仰之间，河水带走了时光。

有寒意袭来，浑身禁不住一阵颤抖。在消逝的涟漪里，我看到生命清晰的倒影。

3

每一座桥都沾染着水的深情，每一滴水都映射出桥的模样。

一座桥，一弯流水，一叶轻舟，橹声荡漾，不见人影，一幅深长的山水画。

桥与水形影不离，水因桥而欢悦，桥因水而灵动。

每一座桥都是一条路，每一条路都承载着一个人的一生。它指明一个方向，抵达一个地方。

我从桥上走过，走到河流之岸。

生活的苦与乐，悲与喜，一半开放一半被遮蔽。

4

今夜，站在梦之桥上，倾听河流的声音。

来自故乡的方向，千回百转后，又汇入异乡的河道。

很想知道，这河流穿过了多少座桥，历经怎样的波折，才抵达江海的怀抱?

静下心，感受。

河流，让每一滴水都散发着浓重的漂泊气息，水，终其一生都在流浪。

一座桥，没有河流的陪伴，是孤独的。

故乡的樱花

1

狮山的土，泛着厚重的光泽。
沿着石阶而上，樱花或孤独或荣耀，绽放。
香气袭人，恣意又有度，自然的结晶体。
完美的融合。樱花，在时光指尖花开花落。
一盏又一盏的灯，点亮了天地间的大美。
没有赞叹、颂祷；只有精灵的歌吟，人世如花如梦。

2

那年春天，江南秀出水墨的意韵。

轻柔的水，无法复述大海的涛声，小桥记忆着每一叶飘过的时光。

狮子，在雨声里发出千年的感叹。

从云朵的高处，与转瞬即逝的晕影，为失去生活之人赋予重生，寻求宁静。

寡淡的阳光下，一条河歌声一样蜿蜒穿过。河的两岸挤满了垂柳、白杨与古槐。

那片空地，樱花曾经是丰富的，低声细语，伴有枝叶丰满，透着清新的影子，在深蓝的天空流转。

3

那一排排浓郁的苍翠，夹着抵达的粉红花瓣，我看见几只纸鹤，斜斜飘过山岗，站在由南至北的山顶路上。

谁都可以叫你，樱花，一个带着芳香的名字。

一条护城河，因为你，水波流芳；

一座狮子山，因为你，烟岚飘香。

我在故乡的他乡，画板或纸面，画一支樱花。银屏手机屏，敲出樱花。案前窗台床头，摆上樱花。

黄昏里我默默盯着红红的炉火，樱花的香气，流到我的唇旁。

4

缠绵的烟雨江南，这春日里的樱花，有点凄婉，带着心有不甘的温度，花瓣缓缓漂浮散落。拥有的，占有的，顷刻间厚厚花蕊变得轻盈。

古朴，鲜亮，错落的组合。盛开的岁月，严谨的构造，是终极还是片段？

樱花，是否有梅的风骨？看到樱花，总会想起那个比邻的国度，曾经的伤与痛。

古城不再缱绻于尘世的喧闹，一首樱花赋，博远、温和，厚如仁爱。

5

目光转向高楼、厂房、丛林、山岗，隐在人群之外的视线。

高高低低，攀着一座城池。

而我深陷其中，随时随地，有将身体绽放成花的冲动。

前方，有凤凰展翅，掠起太阳的金色，故乡的山河，需要这些，盛开或飞舞。

一个围观者，需要绽放自己，灵与肉。

沉默的石头，被一把锋利的雕刀，涅槃重生。

故乡的环河绿道

1

地平线上，光的粒子在弹跳，空调房里的温度，啤酒的杯子溢出来泡沫，太阳的电池高高挂在空中。

凝望环河绿道，不再是悠悠然飘拂的柳枝，不再是白茫茫梦影的迷离。水深处，正在孕育春天的那场新绿，与夏日空气里草木花香，成为时代的主流。

环河的流水也扯不断的阳光，澄明里云影飘渺，摇摆的节奏，由远及近的倾述。

2

在环河绿道上，慢慢地走，我左顾右盼，四处张望。那颗树上的名字，还和我的记忆一样长。

那段残墙，是我依靠过的，是一生源头，一世源泉，一切起点，经过岁月的洗礼和打磨，回乡人的脚步，无法掩盖。

不敢停步，偶然抬抬头，天地大美。老屋袅袅的炊烟，寻不回痕迹，多少春华秋月都折叠其中。彼此拉长了我们之间思念的视线，从年轻的夜里走出，又有谁会来挽留?

3

这一次，我沿着河水流过的地方走，故乡的阡陌小径，那熟悉的院墙宅门已爬满红蔷薇，娇艳欲滴。

那些老人们不知道我的名字，她们却依稀记得我儿时的模样，她们看着我笑，问长问短，我充满了甜蜜和忧伤。

我害怕，那座老房子的门已颓废了，灼伤了我的眼睛，我想找到过去的印迹，已悄然隐匿，我的心无处安放。

4

阳光照射，温度正旺。

绿道在环河水旁绽放，夏日里保持着她一贯的矜持和冷艳。

树枝上的灰尘已被风吹散，叶子随风而动，如同谁让精神带着闪电，谁就能在自由和梦想中飞翔。

我开始构想，江南的诗章。

在环河岸旁，有回廊、假山、亭角、修竹、花园和百年的古树。在幽窗内赏画，伴着月光读书。

我们爱着，通往天堂的门修好了，就像一张无字的书页，总是在我面前合上又打开、打开又合上。

5

当初怨我走得太匆忙，怨我回来走得太着急。乡音近了又远了，来去匆匆，总是在欢喜里相聚，在不舍中分开。

在有限的人生里，乡音飘着别致的口音，离我最近的都是我最陌生的，离我最远的又是我最熟悉的。

故乡的风景依然美丽，在你的笑容里神游，默默敲打着我的记忆。 环河绿道上行走的我，在垂柳下驻足，深深浅浅流动的绿，一朵朵含苞绽放的荷，明丽、婀娜、清纯，充满了诱惑。微风吹起的褶皱，让相拥的温暖就此凝固。

6

对于这次回来，我顿时觉得自身有些老态，双鬓染上白霜。只是几十年光景，有些清晰的，会变得模糊，有些熟悉的，会变得生疏，不变的，永远新鲜。

从酸涩中走过的这条石板街，阳光下，存有几滴泪光。一阵风来，淡淡的，带给我一些醉意，也带来一点觉醒。

不说出，会有人告诉……

第五辑

岁月行吟

纵然我把所有的语言
都集中在一首诗里
回报我的
最多是梦中的一阵花香
一个季节获得的能量
总是有限

秋夜思绪

1

夜幕缓缓拉开，缥缈间又轻轻合上苍穹的帷幔。

知秋而落的叶在风中旋转，这是生命最后的斑斓，用灵魂的不屈展示华美的转身。

天籁静止，夜是美的，景亦是迷人的，我独自在夜幕下翻动记忆的浪花，目光无声跋涉，幽静的旋律将我的心融化。

2

山寒水瘦，看粼粼闪烁的湖水映着岸的灯光，璀璨，任夜风吹进心扉荡起小小的涟漪。

在宁静的秋夜里游走，叶落后的苍褐枝丫，越发疏离和傲然。

思绪如天空疾走的云被秋风无情驱赶，无法停止。

心似飘零的叶，苦苦寻找最后的归宿。

渴望远离尘世纷扰，静守灵魂的慰藉与安宁。

3

淡淡的菊香，从一盏茶里溢出。

仿佛千百年的光阴流转，有多少默默情愫，都化作永恒的誓言；有多少文人墨客的幽魂在今夜流动？

诗仙李白举杯邀月，醉唱对影成三人，相期邈云汉；杜甫吟着“露从今夜白，月是故乡明”的思乡曲流浪飘泊一生。

他们在诗一样的季节里流连，用生命歌吟。

4

在这秋凉如水的寂静夜晚，缥缈的心音与黑暗纠缠，潮湿的眷恋缠绕过记忆的边缘在空灵的午夜盘旋。

长夜无眠，我敲打着键盘，指间的青烟袅袅飘过，或明或暗，隐约的呢喃在耳边回响，思绪纷纷扬扬。

我倾听心语，把千般思绪隐忍为文字与舞蹈错落的组合。

手里翻阅泛黄的诗卷，章章寻觅，人世间真有来世因果？

5

秋在一天天枯黄，那花落溪涧时随波逐流的失落，握不住的流年，而今再回首，恍然如梦。

那些感悟与忧伤，让我在迷离中沉醉。

孤单的脚步，走过异乡的街角，望穿这城市繁华背后无言的孤寂，我与影子相伴，随着季节的云烟轮回。

6

今夜，秋已萧瑟。烟雨的江南，在季节转身时把许多往事与残红都落在了过去的足迹里。

熄灭了燃到手指的那点昏黄。

一切都复归于平静，唯有空气里还留存那熟悉的气息。

夜的深处，你像一幅墨色未干的水墨画，描绘今生不老的沧桑。

雨中的街巷

一座城，一条街。

左边，画有酒馆的门牌号；右边，望着橱窗内的面包。天空变幻莫测，有太多的心事被隐藏。

一杯现磨的咖啡，味道已不再重要，重要的是那份悠然。 细雨飘摇，行色匆匆的脚步，也许模糊，沙沙作响。

街头与巷尾，犹如人生的两极。

眼前，雨掩埋了楼群。有多少人打着伞沉默走过？又有多少人愿意淋着雨前行？

风发抖，黑色的影子，闪动这个城市封闭的神经。与世无争的模样，把过往的本色，一点一滴淘尽。

时间不动声色，许多人和事，穿透了岁月流年。在一个适合读诗的雨夜，泛黄的书页已经打开。

远离，带着幽香。

昏暗的灯光，渐渐拉长了岁月。有许多诗句，潜伏着，在等待谁上钩。

甜美的声音，穿透雨中的稠密。

花　雨

花雨凋零，谢幕。

无名之花，无名的存在。花色如玉，生命却继续在衰老。

岁月不断加重我的分量，表示毫不嫌弃。也许倾诉的声音太低，被内心的喧嚣覆盖。

时光很淡，采集田野的花束，大自然的馈赠。

那些梳理着思绪的雨，那些使我无梦而眠的雨，让我忘记昔日的苦痛，忘记当下的真相，忘记还有未来。

纵然我把所有的语言，都集中在一首诗里，回报我的，最多是梦中的一阵花香。

一个季节获得的能量，总是有限。

落日余晖袅袅地浮荡，脉脉无言。

无法阐释的花雨，缭绕在梦幻的心头，淡淡的，带给人一些醉意，也带来一点觉醒。

流年似水的背面，我们无法确立，感动我们的是落花残存的纯情还是静候花落的无奈?

静谧之下的光辉

一枚落日，垄断天空下所有的事物。

除了我的凭栏高处，眼前只剩错落有致的意象群，与一望无际的辽阔了。

每当我戴上耳机的那一刻，都会听到这个世界的纷杂，而我只想让所有的声音更加动听，因为热爱，才会用心倾听。

阴郁的夜里，风引着我来到湖边，天上那把凉薄的弯刀，无法切断眼前的湖水，只有湖水泛着玉的光泽，让我听到来自深处的水的呻吟。夜鸟在湿润的草根间游移、翻飞，寻找温暖的巢。

光辉下定格逆光的影子，我的思绪是枫叶编织的锦绣。

坐下来眺望，树叶瑟瑟抖落，云片轻轻吹，幻影和风产生了，人的背影越来越弯曲，越来越低矮。

惶惑中，我在世界上行走，修补人生漏掉的某个关键词。

如果太阳升起，青妆绿染、柳黛如烟，满塘青荷盎然绽放，洗净的尘寰。

其实，太阳再烈，也照不亮他人的忧伤，就像风的眼泪不能解除夜的饥渴，就像我们，此刻，静谧之中，躺在湖边，双手抚摸丰腴的大地。

七月流火又流殇

七月，绝对的温度，摄氏40度。

高烧不退的天气，时间越来越长，不肯停下继续蔓延，天空的额头烫手无比。

空调外机日夜排水的滴答声与空调房里那些在人为控制的温度下，才能正常活动的我们，人类与机器相互依赖。

闭汗，发烧。

灶台在冒烟，铁锅现在是翻不动了，双手无力。

七月，阵容强大，浮世的喧嚣，需清纯去污，这个夏天一直在流火又流殇。

那朵流落在尘世的花瓣，穿过亚马逊潮湿的雨林，被风吻过，遗弃在地上。低下头，才发现上面写满我的名字。

它是时光的浮萍，轻易在我脚旁凋亡，生命葬送在七月流火。

副热带的控制欲，像歇斯底里的赌徒，出现萎缩的迹象。

窗外的墙壁、马路、落叶，一切嘈杂声，推动时间的步伐，却捡不起那朵流落的花。

大火星下行，据说是七月流火。

仿佛笔墨突然停了，风也停了，尘埃安静。每一片叶子拖得比流年还长，都要沿着隐秘的光线飞舞。

火烧过似的山脊如焦黑的鱼鳞片，荒草在野滩上飘摇。让这个流火又流殇的七月，有了悲凉与孤独的意味。

繁忙的城市，地上所有的植物，在痛苦的撕扯中痉挛，一次次剥离，身影飘忽又面目模糊，被七月流火所掩盖。

这个七月，胜负已定。

从我的桌椅上，书柜中翻看自己的文字，逐渐升温的诗行，热气弥漫。某个情节的片段，身姿站立，品质坚守。

繁华过后，夜渐渐寂静，我在灯光下踱步，思考如何度过这流火七月。

城市之夜

1

流云，如此澄澈，诉说隔世的心情。
许多人在欲望里奔走。所有的事和情，背离远行。
人群背后，大片交错的阴影。
在岁月的空镜头里，残留。
徘徊或者缠绵；纠结或者坦然。

2

我透过星光与烛焰的分界线，看城市之夜，画出曲线。
空气里，浮动着似幻似真的面具。
波光中飘来荡去，找不到曾经燃烧的足迹。
城市改变历史，历史改变伤痕。
纷纷坠落的金色尘屑里，有记忆的碎片。

3

落日在或尖或圆的屋顶，久久不愿坠落。

千篇一律的高楼大厦，让你分不清此城与彼城的差异。

大地上，何为丰碑？阳光斜曳着，那些高低不齐的，相互比较的影子。

“城市”的名字，被风雨抚平、磨蚀。

没有什么可以不朽。

4

穿过黑夜，黎明显露光芒。

熟悉的味道，从融化的旧时光里蒸腾出来。

其实，高楼、店铺，中间也发生几次轻微的碰撞。

我的肩膀上那些细密的尘埃，在灯光里舞蹈，是嗔，是痴，最后又归于沉寂。

有叶飘零，也许它们也有无处诉说的痛苦。

唯有期待来年，高昂头颅，在枝丫上向春天展示自己生命的绿色。

5

我从一口井里，看到悠长的天空通向无限。

有清脆声响，从远方传来。

风起了，水面泛起波澜。

夜的灯火露出微醺的醉意。重复多次的情节，渐渐变了颜色。

我的文字没有繁华和浮躁，也没有水色山光与风花雪月。

城市的喧嚣隐去，我倒在夜的怀抱，与世界一起呼吸。

秋天·桂花的味道

墙门上挂的绿云与彩霞，已绕过空窗爬上屋顶，拾取着美，保留着逝去的生动。一切都似乎因为季节而成熟了，变得深沉又宁静。

月光从瓦缝间漏下，十里的清霜、寒露。树影随风飘舞，像只燃烧的飞蛾，噝噝啦啦地，灼痛这秋凉的夜。

我踩着甜熟的泥土，拾起飘落的那朵金黄的花，香浓烂如酒，悄悄地带回家。

金秋十月，解冻一朵带花纹图案的桂花，最后一缕清香。凝固了金灿灿的颜色，沉静、沾满埃尘，充满了忧郁和哀怨，就像飘零在一片无人认领的土地上。

苏东坡的月色，伴着秋天的风和温暖，总在有雾的江边等着，从前李白曾踏歌来过，那以后的履声便夜夜从未断过。

朦胧中，那一簇簇的桂树林，漫天浓绿酿就的一滴滴花蕊的味道；草丛中，拾起一片枯萎的花瓣，轻燃着寂寞已去的香魂。

秋之花，散发着一身的清流，从高而低，由近及远。在那朵墨香飘逸的桂花，盈满心的窗棂。

秋天的落叶在桂花盛开中枯黄。满天黄叶萧萧而下，花香馥郁的气息中我嗅到了谁的味儿。

从泥土来，又复归泥土。

子夜总是难以熟睡，我生命的栏杆，摇动了五十多个春秋的黄昏船，白发染鬓，同样额际饱经风霜的皱纹里，也老了。

此刻窗外布满皱褶的底色，一阵秋雨的冰凉，一缕籽种的幽香。

秋天深了

深秋，风起的时候，你携带满目伤感，一句句和唱萧瑟。七星瓢虫，在草丛中寻找出路。碰壁，无处可逃。

生活中有一种痛，欲说还休。

回首望，岁月涂满苍茫。从南岸到北岸，舟横野渡。

你的身影隐在时光影壁，留下我独自聆听风语。把破碎的梦，编成一条柔软的绳子，自我禁锢。

青山半枯半荣，万物蜷伏或昂首，各有各的姿态。掬一捧秋水，那里有我的守候，还有对你不变的期盼。

趁秋色迷离，沿着那条梦幻的路来吧！你来，风停雨住。

看，江水之上，有我为你准备的新鲜晨露，洗净你体内郁积的陈旧。

从此，世界剥落沧桑，你的眼眸比星辰明亮。

站在秋天深处，漂泊的灵魂在等待栖息、升华。

银杏绽放的时候

银杏开放的时候，我想与你同行。看，叶似花，三瓣两瓣，那么热烈。

远方，有悠扬的钟声敲响，而你会不会坐在那棵银杏树下的长椅上，等我的目光，叠上你的目光，听我讲离别后的思念。

一棵又一棵银杏树，是我心中悄然长出的小诗，你把它们酿成酒，夜夜心醉。

此刻，正是银杏叶熟的季节。飘零，遍地的金黄。

想你的时候，总想牵着你的手出来走一走，仰视风中的银杏叶，飞溅起阳光的潮汐。

你没有来，银杏树下只有一个孤独的身影。盼望与期待交织，我在等。

等来年叶黄的时候，为你奉上那本专属于你的诗集。你可以在我的诗歌里，极尽温柔和自由。

愿意住多久，就住多久。

听风者

窗前，摇落如雪的明月。

秋风，在粗野地敲打着我思绪，仿佛穿梭千年的针线，试图把每个日子串联在一起。

远去的笛声在梦中悠扬，季节的最后一片树叶飘逝在风中。一棵没有叶子的，孤独的树，在风中无声地啜泣，默默地。

风，影影绰绰，欲言又止。

人间上升为天堂，没有尘土，没有喧嚣，然后飘落。

静立窗前，默默地守望着风，聆听，把许多记忆掩藏。

思绪在风中静静飘零，惆怅冰封着我，思念渐渐凝固，你的梦成为我的渴望。

人生永远都是一条窄窄的沙廊，歪歪扭扭的片段。

月影，和着窗帘包裹的风，却依旧悄无声息，间或细碎触感，于皮肤上，引燃味蕾，缠绕激起挣扎，收紧身躯。

带着我孑然影子的重量，迷失在秋天的旷野，却默默地瘦成西风。

一地秋阳

满觉陇的桂花树，一丛丛亮丽缤纷。一串串灿黄的桂花，忽如素袖摇曳，挂满枝头。

在秋阳下，夺色凌芳，诱人。

生涩的花香，向漫天皆白处，再演绎纷纭岁月情节。

山峦丛林中的枫叶，在秋风薄情中，飘落，送走了黛绿年华。有的泛红，有的金黄，暮色里舍不得离去。

只有那妩媚的秋菊，化作生命的热情，唤醒了我的灵魂。

秋天的阳光，为我们画下一幅绚丽风光。

走在一个季节，走在同一条道路上，脚印重复着，影子重叠着，穿街走巷。

那首凄美的情歌，只为那永别涕泪尽，从此烛光孤影肠断。

你不是故乡蝴蝶，我浅踩之痕亦将逝去，我只是过客。

在秋风中停下脚步，翻开季节扉页，秋阳何处?

秋菊·暗香

光线倾斜，天空被暮色融化，在每一盏灯的外面，炊烟袅袅。

在漆黑的容器里，灯光拉长夜晚的悲凉，比纸还薄的命，被风吹倒在秋天的床上。

今夜的星星，是秋天的新娘。

泥土醉人的芬芳是透明的，朴素的心动是透明的，菊花随风浮动，也是透明的。

愿这人间之下全是菊花，折了又折，叠了又叠。

人间之上是菊花支撑的天空，一朵暗香的花朵，折翼的天使盛放爱情。

秋风吹动菊树，一片、两片、三片……

花开与死亡，消逝的影子朦胧又清晰，时光飞逝得像幽灵。

我坐在菊树中，浑浊的泪水，开始爬过衰弱的秋天，一切显得多么无辜，纠缠的菊花，止不住眩晕，止不住地顾影自怜，深陷一场昏迷，长睡不起。

我准备下手打捞干渴了一千年的秋菊，而生命是一个个延迟的报答。

当金黄色成为衣裳，一朵暗香的花朵，香气成为心跳，蠢蠢欲动，一腔热血，包括喜悦与悲伤，都是透明的。

秋菊，抖落，飘摇。

外表的澄黄和波澜，婆娑的影子，像一抹抽象的色彩。

它曲折柔美的生存，缩短了和我的距离。

也许，它眷恋着大山；

也许，它思念着远方的家乡。

在城市里穿行

1

这个尘世，我们在同一个空间，行走。

每个人都有属于自己的时间。

为了早日与你相遇，我草汁涂身，穿行于黎明前的大地。

世界变大，由阴暗而明亮，喧嚣由无声组成。

城市纵横的道路，犹如我们生命的年轮，由少年到中年，已过半径。

我的脚步叠加在昨天的脚印上，内心跃动的幻想，把枯叶点燃，守候。

2

沿着湖畔行走，众多的影子向我靠拢，还有湖上的风浪。

湖中的荷花，温润的芬芳，经年不散。

我坐在洒满月光的柳树下，任梦中的脚步，风一样吹过。

穿越湖堤，从南岸到北岸，那些或明或暗的日子，像或明或暗的月光，一直照耀着我前行。

从春走到秋，守候的身影只有一个，时而温热，时而冰凉，熟悉而又陌生。

从年轻走到年老，在这静静的湖畔，时间之水看似浩渺，在回忆里澎湃。

3

时光无法倒流，无法退回一瓣花蕊里，一切都已落地生根。

湖水沉睡，落叶的声音，让我在惶恐与不安中徘徊。

西湖已成为我人生最为朴素的底片，守一轮圆月，看星星点灯；守一排柳树，听思念吹拂。

此时，我心静如水，波澜不惊，多想把美景悄然带走，让我的影子行走在里面。无论走到哪里，留下激情与梦想，弥足珍贵。

白发暗生，坐在湖畔的茶座里，倒影里的光影，在前世的净水中沉浮。

推开窗户举杯邀明月，可惜对饮无人。

4

走在林荫小道，地面有麻雀啁啾于树枝的声音。

分散行人和车流，阳光向西斜拉长。

风的气息，悠然而来。

我看见蓝天滤掉所有白云。

我看见梧桐树由于激动抖个不停。

我看见两旁的广告牌，簇拥橱窗。

就这样无休止、次第展开，让我目不暇接、思绪飞扬。

当年金戈铁马演过，无穷岁月走过，载着平淡与传奇，河山的兴盛与忧伤。

我匍匐在跳动的胸膛，寻找前世遗址。

史书上不留一笔。

道路上不留一笔。

在时间的纹理中，不言不语。

5

我沿着老街的方向走。

木板屋，青石路，千米老街；有洋货，有土特产，有吆喝，有炊烟，断断续续，经久不散。

日出而作，日落而息。一成不变，这一说又何止千年。

夜色来临，街边的排档了解你的胃口，门口的摄像头早晚为你留影。

碟子盘子磕碰声，吆喝声，吵闹声，发出不谙世事的叽喳声，变得厌倦、凌乱。

再晚仍可来，再晚路灯仍然照着门前的一块地；冰箱每次打开，里面都亮着一盏灯。

驻足的人，已在日落之后回了家。

6

城市的过街天桥是安静的，此刻无人熟稔它们的飞跃。

终点是忧郁症患者，他们内心有巨大的幻觉：这里告别生活。

城市完成繁衍的使命，道路间的空白需要填充。

世界地图无法搜索到这一点，被数码相机所定格。

记录了容颜，记录了笑容，留下了永恒的遗址，成了一部不可解密的档案。

一路漫步而来，拥挤的人流，可以缩短远离时间。

望着他们颠簸在尘埃里的身影，沉思。

7

御街，错落有致。

深沉、古朴、从容。

挂在宋时的壁上，几代的沉浮，写成可以换酒的诗笺。

是谁依醉，远处的霓虹灯闪烁，长成月色，典雅的典，铺就歌谣般的路。

青石板上的休止符，是你，情不自禁的矜持。

是宋词的心事，可以在御街里回荡。

我绕进咖啡馆，一个踉跄，就掉进了咖啡的苦涩与甜蜜，不能一饮而尽。甚至出神，也是一种可以沉醉的，理由。

御街，一段不老的时光。

咖啡馆从屋顶亮瓦渗入的那阵月光，烛光依旧，梵音袅袅。

就让心事站在宋词的肩上，眺望，你，和咖啡的清香。

8

夜晚，走进曙光路，这条酒吧的街，灯影阑珊，这样的邂逅，无关聚散，只在愉悦的瞬间，相忘于此。

且让我卸下之前所有功利、世俗、浮躁和焦虑的思想包袱，彻底做到轻装前行。

天南地北的游人，操着各自的方言和口音，走进流光飞舞的酒吧，和他们一起将旋转的韵律酿成一壶美酒，分享音乐，让青春做一场潇洒的沉醉，期望寻找另一个我。

我的脚步自己做主：来去匆匆，心无牵念，洒脱不羁，不留下遗憾，只带走体验。

这里是缘分，没有宿命，微笑永远停留在游客的脸上，永远迷幻安逸的风采。 这一切，最终与陌生无关，与人生态度攸关。

我无须更好的语言，我用我的笔，写下这段诗酒年华的呓语。

残荷

荷，午夜红颜，黎明的知己，在波光里，绰约。

优雅与静寂的女子，走过六月街头。突如其来的雷阵雨，撕裂一朵荷的梦。

来不及清醒，季节已完成更替。

荷，芳香的灵魂。

收走身体里的苍翠，叶片越来越单薄。湖面上，凋零成为主题。

背后，悬在时间里的沉默。

沿着蹒跚的影子，行走。残荷以半截身姿，挺立风中。

寓意，隐匿的枯萎之美。

湖泊静谧，我不懂水的深度。

看光影中的残荷，与风对弈，竟然让我读出了失落已久的风骨。

西湖蓝

湖水，深藏浓碧的眼睛，柔软倒影中的涟漪。由远而近的波澜，渐入佳境。

月亮以幻影的形式，浮于水面。风来或不来，湖都在那里，深不可测。

久违的蓝，高远、纯净。

岸，站成一片绿荫。

湖水与花香交融，温润。阳光透过树叶，茂盛的景致。

西湖蓝，醉了蛙声一片。

栖在湖面的芦苇，倾听，细碎的风声。无边无际的云，像凝固的波涛，飘浮。

而我只想厮守着蓝的湖，读月色风流，一生一世。

西湖的蓝，镌刻着日月、山河、云朵。还有埋葬在时光深处的绿，清浊自明的心。

那蓝，滴落不老的诗句，和红尘万丈的钟情。

让灵魂洗净忧伤。

江南雨

江南的雨，飘于烟波之上，在碧绿的柳叶上挂着，远山在朦胧中失去了本色。

一呼一吸中，雨珠与荷叶达成协议。让我在踏入流水倒影的河堤时，忽然心绪平静。

寂静的深夜，在雨声中失眠。

幻想雨打芭蕉的意境，弥漫。渗入我诗歌的内部，在辞藻里自由欢畅。

搁置在语言的音符上，流向梦的长河。

江南的雨，剔透晶莹，在老屋的檐前，打探。

听雨的语言，不同凡响。

说给云听，给过往的季节听。

在浮世的喧嚣里，滴出几朵清心寡欲的花，守望时间。

品读青街

1

畲乡，溪水潺潺，深邃、悠远、落红、沉醉。

或淡，或浓，或风，或雨。

有散漫之音，在耳边徘徊，似在窃窃私语；鸟鸣清脆，沙燕低翔。

这里，每一寸土地都透着出世的智慧与超然。

你渐走渐远的身影，消逝在长长青街巷子的尽头。

那曾经在我心上徘徊许久的跫音，也会消逝在梧桐的枯叶里。

2

游走长长的青街，宽窄的巷子，请勿击鼓。我在锣鼓声中，看你衣不解带，代表一个朝代。

你知道吗，桥头，有一朵蓝菊花默默无语。

今天的我，只能：
寻你于残垣断壁，
寻你于青石绿苔，
寻你于远去了的百年之外 。

3

我来迟了，耳畔还回荡着你的笙箫，与我共拾那旧日的诗章。

我忘记了时间。

转身。

秋风会打落碧叶，寒云会捎来秋雨，枫树会把叶子哭红，枝头的红柿子会坠落成泥。

无论从哪个方向来，到哪里去。

在这里，生命于你不过是沧海一粟；在这里，华丽的雕琢都尽显多余；在这里，我与一座古桥交汇着回眸与眺望；在这里，我不忍拾阶而上。可我终将离去，和你一同走向更远的远方。

青街，窄一寸也就窄了，宽一分也嫌多。

太长的巷子没人读，没人走，音乐都随一瓢雨，与你相逢。

会一会多年不见的老友。

4

一首诗走远了，黑灯瞎火。

一首诗翻过来，太阳孤儿般升起。

想窄就窄，想宽就宽。

宽的一杯酒，窄的一首诗，从头重来。

诗不短。再短，也是故园。

我依然会站在秋风中等你，秋风微寒，我早已备好了蓑衣，在暮霭中等待归来的你。

温一壶老酒，与你对饮。

岁月旋转，一切都静如当初，喧嚣的尘世迷茫了回家的路。

青砖断想

1

朋友送我一块雷峰塔的青砖。斑驳的砖面，纵横着坑坑点点。

这是雷峰塔全部的言语，灵魂的祈求，像叹息。

一块砖压缩的悲剧、沉重的唱段。它庄严下跪，叩响自己的头颅。

思绪万千。缓缓流进历史的记忆。

2

它的名字融在山野，化成悲壮的履历。

手捧青砖沉思，暮鼓晨钟从远方悠然飘来，极不协调的合弦。

是白娘子凝固的泪痕，还是许仙无奈的哀叹？或许是小青的利剑，刻下的一篇溅血宣言……

美丽神话，浪漫的传奇，上演了千遍万遍。

3

轻淡的风，轻淡的流年岁月。

秀丽的西子湖畔，一排排柳树耀眼的光环，带着一种意境，一种节奏，自由、激昂，风的飘逸。

那座千百年的窄窄桥，遗世孤悬。当年的白蛇许仙，俯仰之间，不约而同的回眸，从断桥走来，相视一笑，必然的重逢。

4

我看见草木在风中轻摇，听到湖水深处的喧哗，沉默的断桥面无表情，它或许怀揣心事。

爱情，这支古老而又年轻的歌，从远古唱到今天，留下了多少，沉重的梦的残片。

古老和现代，组成了一幅独特的画。

5

秋风萧瑟，我的思绪如潮，在夜里不能成眠。

默默把青砖刻成一块方砚，磨一池浓墨，用一支毛笔书写：世俗的风尘，人生的信念，爱情的尊严……

当我写下，最后一个微小句点，岁月找到了晨曦，悄悄站在我的窗前。

胡杨

荒原上，你是一面猎猎的旌旗，血性刚强。

那一座座沉默的沙丘，大风吹不散，大雨吹不散。

你的名字，挂在生死玄关，悄然消逝在茫茫沙砾里，这是你的宿命。

你骨瘦的枝干站在风中，燃起一朵阳光的火焰。站在命运的后面，交出最后的祷词。

你伫立沙丘上。

那些经年高悬天穹的名字，凄美了无边的联想和憧憬，向远方冉冉升腾……

比如原初的白，比如原初的黑。

那裸露的躯体，就像衰迈的老人，不堪一击。

泥土上，隐藏着斑斑血迹。岁月，在每一个失眠的夜晚挣扎。

生命，被黑暗一口口吞噬。

楼兰的沙又一次疯狂。

月光立在惆怅中发呆，星星挂在悲凉的脸颊，把江南最后一棵绿树掩埋。

撕裂生命，灌进风沙，燃烧着痛苦，把大地叩响。

简单活着，残留的枯枝，胡杨在编辑童话。

只想把眼光放在来路的前面，只想把脚印放在去路的后面。颂词从灰烬中消逝，荒原从眼泪中展开。

江南的季节已经老去，秋叶已经凋零。

夕阳西下。

昏鸦围着老树唱起忧伤，苦涩、孤独。

内心流出血泪，灵魂透心透肠。

东篱南山很近

火车跑过，且行且吟。

醉了，油菜花的面容娇艳，沿途开放。

清晰可人犹如梦境中，江南添加缠绵。

南山很远。东篱很近。

河水已醒，在时间深处游走。

听不见喧闹，只有落叶是声音，连寂寞都没有，干净透明。

陶渊明的菊花还没有大开，一只悠然的蝴蝶，怎么也飞不出东篱的意境。

我放养的梅，在沁凉的手指上，落了又落。

看不清田野上盛开的油菜花；看不清傍晚街灯下匆忙或舒缓的繁华。

东篱的竹子，又荡了。像梦在那里开始，像梦在那里等待。

三月的河水，或明或清。

来年微雨的春天，人们聚在南山脚下，面对一片桃林，陶醉了一生。

面对西湖的桃花

最后的阳光，从树枝的空隙里洒下自己的明媚。桨声里的西湖，灯光暗了，万籁即将俱寂。

断桥，水里印亭，月未出，湖面浸着模糊的影子。

彼岸，叶子缀满微风的指痕，绵延着生生不息的生命。堤上，空空的枝丫，已变质，淹没在风花和雪月。

一排树林，在冬季，坚挺着自己不肯下跪的躯体，站在静静的湖水边，点缀着岸上的荒凉。

一树桃花，在阳春，风抵达树梢。淡淡的幽香，回旋着江南的味道。

在读你的名字之前，你的影子是贴着水面行走的浮标，像吹散的冰花。

这千年湖水，落叶在打着旋儿，岸上桃红柳绿，花依旧。起风了，云在水面上破碎。

林姓的姑娘，高贵的木质，是你的气节；斑斓的桃林，在阳光和湖水间演绎着万般婉约，清丽入骨。

这时候，只有安静的鹤，收敛着翅膀，带着干净的灵魂，让整片湖水，看到天空的高度。

隔着孤山，我坐在一盏灯火以外，用青花酒杯里的一滴寒，留下漫天飞舞的影，在波光里把自己灌得微醉。

我在人世行走，在拥挤人潮中，在车马喧嚣中，从一座桥开始，到另一边的桥，定格成湖中摇摆的树。

湖水里桨声欸乃，两岸的桃花，已成长了丛林，春暖花开。如果有一天，满湖的桃花都白了，那也是为了等一个约定。

桃林掩芳菲，想起西湖鹤影，只留下半卷诗稿，一缕魂香，乱了湖水的节奏。

流水时光的咏叹调（组章）

春·漂泊的梦

1

谁唤醒我沉醉的梦，未消的冰雪在记忆里凝固。

窗外的春，暗藏单纯与复杂的情结。如同一幅无题的画，一首朦胧的诗。

树叶，挟带季节的风萌芽，弥漫新鲜的苦涩。

浮云、日出、炊烟、鸡鸣，喧闹的童声，跳出黑夜的阴影，在明媚的春光里，诱惑游子的脚步。

此刻，语言的蟋蟀钻入老屋的墙角。

我在想象与愿望中寻找自己的声音，确定春的基调。

2

春雨，从瓦草蓬的檐沟中坠下。

湿漉漉，黑黝黝，郁结成重重叠叠的压抑，拉出长卷，拉出一丝长长的叹息。

远处那些桃树，冒着花骨朵儿，噙着泪滴。

烟雨凄迷，几只逐水的飞鸟，用翅膀发言，它们想喊出水里的鱼。

谡谡长松，寞寞冷寂，在木叶声中，将自己裱褙成一轴远山归影。

3

春风，飘来游云；山峰，流来烟岚。

清音潺潺，醉我一笛悠远的箫声。

多少年，风也罢雨也好，一直在我的世界游荡，就好像我们已经埋葬多年前那些模糊的思念。

背着行囊，挤进熙熙攘攘的人群，在阳光下漂泊。

匆匆一挥间，身后高大宏伟的建筑，矗立在时间的某个终点，留在我每一篇断裂的短章中，世界宁静、幽暗。

从这一刻开始到结束，用脚步编织的梦和希冀，漫溢成一种渐次疲惫，让我的思绪走得更远。

4

墙上挂钟的钟摆不疾不慢地走着。

时光失效或许是种幸福，或许又是悲剧。

历史在错觉中递进，在选择中前行。

生命的章节一直在延续、轮回，符合你终极目标。

人之初的需要，性本善的需要，性相近的需要……

在人性中癫狂、壮大，又在人性中濡沥、消逝。

每天苏醒在清晨，看阳光里尘埃的漫游，天空和大地勾勒出新的气息。

5

时间飘失，像流水，谁也看不清自己的终点。

人生就像风干的记忆，带走了生命里所有水分，枯瘦成老藤。

星月无痕，在湖中荡漾的波纹，在岁月里颠沛流离，模糊，不再清晰。

背景淡化，让苍老的心不再苍凉，孤独的心不止于孤独。

在大地空旷的梦境里，我像一棵树那样活着。

我不善言辞，却梦想把这首诗写成永远的绵长。

夏·回首记忆

1

大青石上叠着大青石，沉重的加冕。

在水中，尘封的心灵喷出蓝天和白云。

一座绵密的小城，像漏斗挂在天上，结构完美，细致精微，盛满了多情的夏天。

那些不断生发的事物，在平静的外表下和小城对决。

我头枕着大地，聆听着亘古未变的声音。

此时，我在百度上找不见它的影子。

2

七月的黄昏，风在轮回。

干瘪的岁月远了，留下的小城，就在天幕垂下的地方。一幢楼一堵墙，层层叠叠的苔藓，让阳光改变方向。

在这片丰厚的土地上蜕变，田野上堆放的稻草垛、袅袅飘扬的炊烟，半夜里月亮还挂在一棵老树之上。

很多夜晚，我像一个微醺的醉客，躲在城墙脚下，倾听前人的呓语。

3

宁静的夏天，随风驿动的阳光，在我清澈的眸子里，越活越透明。

一条河，空旷中流淌多年。两岸淡黄的小花摇曳着裙裾，既迷茫又亲切。影子单薄，一只蝴蝶突然迎风张开了彩色翅膀。

我一次次走向这里，似乎又从未期盼抵达的地方。

那是我的背影。那是我的守望。

4

落日的时候，鸟声喑哑，随意枯荣的繁花抚平岁月的狂澜。

大批的萤火虫，在夜间纤细地闪耀，它的声音有时重叠有时渺茫。

我看不清是面影和灯火，一滴一滴燃烧的爱和光亮。

一棵树扯着另一棵树，从风中穿行而过；迈过一条河，抵达对岸，对岸的小石凳上坐着七月。

盛夏迎着湿热的梦境，让花香暴露了底部泥土的湿气。

5

“日出而作，日落而息。”

谁在说，道是有情却无情？生活是永远的喧嚷与争斗。

看世事沧桑，童年的梦，青春的气息和那遥远的恋歌，已被埋藏在岁月的流沙。

半个世纪我跋山涉水，时光交错中，梦幻、誓言、约定。躺在故乡的泥土里，我像云飘像风吹，都没有固定的方向。

中午的阳光，杯里的咖啡泛起些许白沫，就这样关闭了语言。

秋·黄昏挽歌

1

秋风萧瑟，甜甜地回味，苦苦地折磨。在时光的坐标里，企图听懂秋天的弦外之音。

待月亮初上柳梢，浪漫、飘逸，充满水墨梦幻。一个绚烂，一个如花般的季节，一个无解的答案。

我坐在窗下，被阳光突然撞击。

2

天高，云层越来越清淡。

菊花的指印，掐着水的翅膀，不论天南还是海北，我们形影相随。

风吹过大地，把历代的菊花，收拢在今晚的月下，像一朵灯焰，陪着我的孤独。

我怀念你的笑容，从一个身体到另一个身体；相互悲伤、取暖，冰冻，又碎裂。

月缺月圆，郁郁葱葱，满山黄花，那是我种植的想念。

3

时间、光阴、岁月、生活……

隐藏年轮，像隐藏你细密的皱纹。

挥手间，恩恩怨怨，都将化作西天的云彩，不会留下一丝余晖。

潮湿的泥土，炊烟里满地金黄。伸手不可及，云层里灿烂辉煌。

头顶上的天空映照着你的颜色，犹如我在尘世间，苦苦追寻，去为你歌唱。

蔚蓝里几朵白云，日夜巡视守护着，将你珍惜。

4

深秋。思绪。飘逝在风中。

季节已经老去，秋叶已经凋落。枯草渐渐凝固，黑色的种子静静响起挽歌。

音符上的枝杈，摇摇欲坠。

那片泥土上，只有夜在无声走过。

灯影里旧梦，断断续续。

5

岁月，收获遍地的落叶和霜冻，深深浅浅的记忆，被反复折叠，变得陌生、脆弱、冰凉。

南山之后，不采菊，满地黄金飘零。

今夜，残月下。

我接过那把千年未曾开口的琵琶，在凛凛的风声里，婉转、动人、深沉、悠长。

作最后的歌唱。

冬·夜的苍凉

1

冬天，光线荒谬而又缓慢。

把许多记忆掩藏，惆怅冰封着我，再次感觉到自己的存在，已成一截枯木。

一棵没有叶子，孤独的树，在风中无声地啜泣。

我迷失在冬的旷野，梦在心中徘徊成季节最后一片树叶。

默默守望，静静地聆听。

2

那是一片熟悉的土地，是一小块暗淡的色斑。

古城装进盒子，一只陈旧的背包。带走，岁月在水面上，那个黄昏正凝集着梦的金色。

遗址上瓦片有阳光的余温，至今尚可取暖。瓦上的风霜，仍令历史寒战，弥漫出檀香的气息。

3

寒冬，把江南最后一棵绿树掩埋。

撕裂生命，疯狂，燃烧着痛苦挣扎。

我从大桥上走过，不必再去叩问。祖辈的艺术，就在脚下，与灰尘遁去。槐树上残留的叶子，把大地落得一片心碎。

夕阳西下，门前的石臼对着天空，唱起忧伤。

4

河流向东，你在南，我站在北。

没有路可以这样。

来的前面，我的骨头站在风中；去的后面，我交出最后的祷词。

世态阴晴冷暖，而有限的人生，或许，任岁月补了又补。

在书里坐禅，用一生的虔诚慢慢咀嚼。

5

寒夜里，躲在路灯背后。

凄凉的风飘扬着，月亮也不再唱，那首圣洁的老歌。

铅华去尽，直至千疮百孔。

沉默中，无声的痛。

寂寞的灯火里，开始沉淀，霜雨白露的空凉。

香江纪事（组章）

维多利亚港

船，千里奔波之后，从一个起点到有依靠的岸。船，又一个终点，暴雨狂澜之时，这里有牵挂的缆。海浪再次挣扎、咆哮，摧毁时光构建的祥和，在维多利亚港。

站在浪尖，沉迷于海韵，犹如一场触及内心的交响乐。画框里的摩天大厦，与天空重合。移动的街道，和悬浮高空的霓虹影子，让我心旌摇荡，思绪万千。

潮起潮落，一艘艘漂移的船坞，超负荷笨重的躯体，在呼天唤地声中托举过诺亚方舟，可以把太平洋的涛声擦干净。

炫目的灯塔，竖立在港池里。走进来，又走出去。像沉默的影子，悠久、灿烂。

一群水鸟，栖息在高悬的塔吊钢缆臂上，喘息；看，清晰的漩涡扑向劈开波浪航行的桅杆。

夜幕，断虹斜挂树梢，梵钟涛声对话，颤音中深长的叹息。

灯，撒在雾中，醉了云霓，圆了明月。闪烁的星河照亮远方黑暗的地平线。

游人，身份各异，攘攘熙熙。

世界在此凝聚与聆听。喝酒叙旧，吟诗抒怀养性，和着船员粗糙的手掌散发出的腥味。

自然与文化之弦琴交集，古老而伟大的民族，把一个个词语写成诗，排列到天边。

每一个陌生的地方，都是旧地重游。不问阴晴，不问风雨，去处来处都在路上。

这一座岛屿镂上霓虹灯的处事哲学，灌满方言与世界对话。维多利亚港每幢大楼里，咖啡和红酒的味道都是相同的。

所到之处都是我出发的地方，像叶落归根的故乡。

伶仃洋

夕阳下，看不见鸟飞，听不见狂涛的和弦，眼前一片朦胧。似云，没有云的流动；似烟，没有烟的升腾。

闪光的白帆，令我陶醉；洁白的浪花，令人神往。我愿做一个不老的海员，永远依恋在你身旁。

一段斑驳沉重的记忆，一截负伤而结痂的历史，一株植根于黑夜尽头的思念。

昔日，洋舰上的炮火犹未散尽，屈辱的城下之盟已经签订。

告诉我吧，你踩碎多少坎坷？说吧，说说编织的伶仃洋青史；说吧，说说镌刻香江的勋章，不能用含糊搪塞。

时光驰过多少王朝的显赫和衰败？每一段都是与历史精彩的对白。曾经的伤害，对谁的亏欠至今未能弥补，刻写的记忆，清晰，难以抹去。

石沉大海，顷刻幻化为波光潋滟，孩子们眼中海盗船上的桅杆是补丁叠补丁的帆，随波摇摆。

浓密大胡子海盗船长，戴着古怪的纱帽，手持弯刀，逃离在海的尽头。 以工艺品的面貌，被贴上高价的标签；帆影已在天际消逝，与大海混为一体。

孩子们在欢呼声中，用铅笔画出湛蓝湛蓝的海水。细碎的往事，走完最后的远航，到这海边来俯瞰远亲。

一半蒙着夜色，一半戴着晨曦。

浪在我们身体内，战栗着；沙滩上躺着沉船，风吹日晒成残骸，锈迹斑斑。

无人告诉我：伶仃洋的梦，苦涩而又潮湿。如今已被海浪淹没，走远了，远方的蓝。

灯塔与星光搅在一起，仿佛旗帜，永不降落。

今夜，在咸阳机场的孤独

一只蚂蚁，在黝黑处绝世而立行，插上翅膀飞跃海拔8000米的孤峰。

它在身上半盖着薄薄的雾霭，裹着紧身的丝带，不知不觉被月光慢慢染成了银色。

浮云之下，不妥协，我只能听音辨形，在风中捣碎了我的背影。

那些川流不息的人流，那些忙忙碌碌的车辆，蹒跚离去。我只和蚂蚁小声说话。

夜幕，孤独是黄昏的句号。

今夜，我已无法安然入眠。

十里之外，阴霾遮住了饮水的牛；蚂蚁，在飞翔中卸下翅膀，孤身与云朵和群山共同蚕食。

那带光的躯体，那么自由，那么笨倔，那么痴萌。

但我没再看到移动漂浮的那只有翅膀的蚂蚁。

人间苍茫，世间的别离和圆缺，没有人可以逃避。你向西向东，我向东向西，那么的孤单，孤单得那么癫狂。

秋风从幽蓝的星空吹来，那么的干净。万事万物的轮廓，都是遥远的岸。

麻雀，默默攥紧树枝枯瘦的线条。天空越来越蓝，越来越远，唯有优美的星星和许多微微发笑的眼睛。

一只带翅蚂蚁，仍在飞翔，城市及灯不再是我靠近天空的栅栏。

我已不奢求光晕染白，仿佛世界此刻就是我的。时间一次又一次地填平被撕开的月牙。那清凉的夜空下，我多么寂寞多么孤独。

今夜，在咸阳机场的孤独。

尘世渐黑，树叶婆娑，月光填满起伏的秋风，不容我辨别风自哪里吹来。

一只蚂蚁，在没有音乐下依旧无声奔走。落日由红变黄，也许秋叶的无边感染，也许万家灯火的升起。

盛放的十月，刻下的是陌生的风，我以均匀的喘息和步子，尽力保持一个旅人的姿态，我默读写在远方的孤独。

烟雨周庄

1

江南烟雨迷离了我的眼眸，江南诗词缠绵了我的记忆。

阳春三月的周庄，柳枝满径，醉舞了春风。水波潋滟，一点一点洇开，旖旎的流光。

晨雾弥漫，樱花拂过衣襟，那些被露水打湿的诺言，随季节烟消云散。

握不住的流年，记忆轮回。没了风花雪月，一颗驿动的心，依然追逐着昨日那些浪漫的印记。

三千烟水之外，只是我一个人的浅吟低唱。

思绪如清风肆扬，随今夜的月色，遥寄你的窗台。

2

梦在江南烟雨中，心碎了才懂。

孤单的脚步，走过古镇的街角，我将信笺轻展，在笔尖流淌。

眼前的周庄，古色古香，铅华洗尽，不矫揉、不造作，一份惊喜，一份梦幻，素静无华。

不论是风和日丽阳光明媚的日子，或是杏花春雨迷离的烟雨天，都有别具一格的动人和美丽。

在暮色苍茫中追寻往昔温暖，亦在陌上花开中，留下美轮美奂的画面，令人难以忘怀的绝妙景色，等你千回百转。

周庄，它用千百年时光，坚守与生俱来的古朴。尘世喧嚣，有违她甘于平淡的本性。任潮起潮落，她依然不亢不卑地芬芳。

3

纵横交错的河道，宁静、清澈。

一桥一巷，一砖一瓦，与河岸边婷婷袅袅的柳枝和湛蓝的天空，融为一体。

祖祖辈辈，在水一方。

一条蜿蜒狭长的乌衣巷，让人沉迷的气息；斑驳的老院墙，攀爬着苍绿的青苔，诉说它过往悠远的历史。

那一条条被时光漂洗干净的老街，仿佛在无声书写历史的沧桑。

那一座座朴素自然的民居，在历经岁月风雨的变迁，依然保持着自己独特的风格。

仿佛一帧灰白的照片，让人的心不由自主地沉溺，魂牵梦萦。

周庄，为你，守一份清绝，开一个地久天长的永恒。

4

周庄，是一座迄今为止，已存活了近千年的江南古镇。

周庄，是诗，是梦，是一方可以安置我们心灵的净土，洗净红尘的迷惘，更是我心底最深的眷恋。

粉墙黛瓦，风景曾谙，勾栏瓦肆，笙歌泛夜，一曲轻缓悠扬的《月满西楼》，留存在我的脑海，温柔而缠绵，妩媚又多情。

皎洁的月轮波动在水面，与沿河灯笼留在水中的倒影相嬉戏，颌首。那迷离的月色，传来船娘摇橹的声音。

光阴流转，有多少默默情愫，都化作永远的无言。

5

江南一直是我心底的梦。

走遍江南，赏遍江南美景，是我的心愿。

目光流连周庄，梦里的江南，在我心底瞬间复活。我痴痴追寻的诗意江南，终于像画卷一样展现在我的世界。

一个人的江南，其实并不孤单，孤单的是你不在我身边。

跋

写作是留白

世界是喧闹的，而灵魂是孤独的。

大千世界，那么斑斓，那么曼妙，又那么神秘，让我引发的冥想，它可以是美轮美奂，更可以是幽暗生香。

有时是一种声音，有时是一种气息，有时是一种心情，有时是一种情境，这些不用记忆就能留下来的东西，一定离你的真性情最近，与你的渊源最深。

倥偬几十载，前生我是流云，今生痴爱文字。《时间是永恒的河流》化笔为文，抽象思维化成具体铅字的那种快乐，让我的灵魂为之颤抖。时间与物语，经常为“文字餐食”，生活充实而又踏实。而我，只要一息尚存，便与文字同在，这是我生命中不可缺失的一部分。从心里流出，鼓起最大的热情，使它净化、升华，变得纯洁而透明，珍贵，犹如空气一样。时常会想：不读书亦不写作的生活又是怎样的？那一定有许多的空白。

拿出这些貌似无用且浪掷的光阴去写作，空气阳光，一草一木，都是新鲜的，强烈的，生活是美好的。

生活和诗，常常分不清哪一个离我更近，更丰厚更具灵性。文学赋予我精神的大树，它生长在我灵魂的旷野里，在一方净土里，可以与自己的灵魂真诚地倾诉，终生与我相伴。生活，行走和思想，让文字投射在自己的内心，在语言中提炼语言，我的生命与世界对话。由此，让书写留白，白纸黑字自然存留，无限地展开延续至今，作家的内心最真实情感的呈现，让文字永远醒着，所以我敬畏每一行文字，语言有美感。

书中的文字，被视为我的精神生活，时而惊喜、时而沉思，时而捧腹、时而叹息。文中有物象，有情节却并不铺陈。景外有景，言外有言，如图画中的留白。诗来源于现实生活，但现实生活本身还不是诗，它必须经过作家想象的再创造，造就各种各样神奇美妙的动人的艺术形象。我朴素地言说自己生活的方式，在对身边发生的事件的呈述中，追求结构的清晰、明朗，语句间简洁、准确、直接，具有深刻与广阔，在每一个路标缺失的地方发出人类需要的声音；包含着悠远的情思，豁达的顿悟，在人生抒怀时，表达着人生的真与美。

在每个人心中，都隐藏有一段难以抹去的情感，系着一段不可遗忘的缘分。不是为了给某个故事，埋下深沉的伏笔，只是世间所有相遇，都是久别重逢。也许我是你前世一直无法破解的棋局，你是我今生永远不能猜透的谜底。

这本书中的散文诗，一部分在刊物上发表过，另一部分是在微信公众号推送过。时间跨度从2010年至2018年。大部分散文诗作品都收录在这本《时间是永恒的河流》里。同样，我也一直认为，每个人在写作中寻找自己的位置。在散文诗文本上，时间与空间的永恒关系，是一个极具生命力的主题，所以时间和空间的跨度上似乎千载不变，成为衡量时间物语变化的最后参照的重量。

在这本书中，我手写那些墨迹未干的诗篇，属于过去，属于当时，属于今天，属于旧日岁月。

趁此机会，我重新整理了内心情愫，以小见大折射出烟火红尘里的繁喧，让越来越浮躁的自己，能够静下心来认真思考、感知变迁的流年生活，把闲淡的年光留华装订成册；每一个铅字，都凝成守望的姿态，供读者阅读品评。

时间是一条永恒的河流，缓缓流淌着一种恬静质朴的情绪，有时是“千言万语”的冗长描述。所见所闻，所思所想，循环往复，自然万物融为一体，让我的世界，从此简约、宁静、淡泊。

2019年春 杭州